Hört nur, wie lieblich es schallt

Ein musikalisches Winterlesebuch

Der Winter

Ruhige und friedliche Tage am Kamin verbringen,
während draußen der Regen alles durchnässt.
Langsam und vorsichtig über das Eis gehen
aus Furcht davor, hinzufallen.

Auf dem Eis gehen, zu schnell, ausrutschen und hinfallen.
Erneut auf das Eis gehen und schnell laufen,
bis das Eis knackt und zerbricht.

Durch verschlossene Türen die Winde hören:
Schirokko, Boreas und die kriegerischen Winde.
So ist der Winter, der doch Freude mit sich bringt.

Erstarrt zittern bei eisigem Schnee.
Im erbarmungslosen, grauenhaften Wind
ununterbrochen laufen, mit den Füßen stampfend,
und vor übermäßiger Kälte mit den Zähnen klappern.

Antonio Vivaldi, aus den „Vier Jahreszeiten"

Hört nur, wie lieblich es schallt

Ein musikalisches Winterlesebuch

benno

Bibliografische Information der Deutschen Nationalbibliothek
Die Deutsche Nationalbibliothek verzeichnet diese Publikation in der Deutschen Nationalbibliografie; detaillierte bibliografische Daten sind im Internet unter http://dnb.d-nb.de abrufbar.

Besuchen Sie uns im Internet:
www.st-benno.de

Gern informieren wir Sie unverbindlich und aktuell auch in unserem Newsletter zum Verlagsprogramm, zu Neuerscheinungen und Aktionen.
Einfach anmelden unter www.st-benno.de.

ISBN 978-3-7462-6062-4

Zusammenstellung: Volker Bauch, Gößnitz
Umschlaggestaltung: Rungwerth Design, Düsseldorf
Covermotive: © stock.adobe.com/dariaustiugova
Gesamtherstellung: Kontext, Lemsel (A)

Inhalt

Eine musikalische Winterreise

Vor einem Winter

Ich mach ein Lied aus Stille
Und aus Septemberlicht.
Das Schweigen einer Grille
Geht ein in mein Gedicht.

Der See und die Libelle.
Das Vogelbeerenrot.
Die Arbeit einer Quelle.
Der Herbstgeruch von Brot.

Der Bäume Tod und Träne.
Der schwarze Rabenschrei.
Der Orgelflug der Schwäne.
Was es auch immer sei,

Das über uns die Räume
Aufreißt und riesig macht
Und fällt in unsre Träume
In einer finstren Nacht.

Ich mach ein Lied aus Stille.
Ich mach ein Lied aus Licht.
So geh ich in den Winter.
Und so vergeh ich nicht.

Eva Strittmatter

Winterreise

Schober und Schwind nehmen ihn lärmend in Empfang. Er trinkt mit ihnen, betrinkt sich, lässt sich fallen.
Erzähl, bitten sie.
Er spricht, schon zögernd, den Sommer nach, dann fragt er sie aus. Schwind ist noch immer beleidigt, dass er es abgelehnt hat, zu ihm und Bauernfeld zu ziehen. Mir ist nicht danach gewesen, erklärt er.
Mit Schober schläft er. Es ist eine Art Liebe, die ihn nicht angreift, über die sich Bauernfeld gelegentlich lustig macht.
Sie sind Freunde, aber schon keine Weggefährten mehr.
Nun bestimmt er die Zeit, alles bewegt sich rascher und scheint dennoch stillzustehen. Hier höre ich auf, sein Leben nachzuerzählen, Stationen zu buchstabieren.
Er wohnt erst noch im Frühwirtshaus, dann in der Bäckerstraße 6, danach auf der Bastei, beim Karolinentor, dann zieht er bei Schober ein, in den Tuchlauben, und hat es komfortabel wie nie vorher, zwei Zimmer und eine Musikkammer mit Klavier.
Er wandert durch die Stadt, durch die Salons, wird gefeiert. Die Schubertiaden wachsen sich zu Festen aus und haben doch mit seiner Musik kaum etwas zu tun. Manchmal verdrießt er seine Gastgeber, indem er ohne Erklärung die Festivität verlässt oder den ganzen Abend, nachdem er musizierte, vor sich hinbrütend in einer Ecke hockt.
Er könnte eine Liebe anfangen. Sie wäre so närrisch wie Grillparzers Liebe zu Katharina Fröhlich.

Ich bitte dich, du kannst ihn noch einmal sehen. Josef Hüttenbrenner lädt ihn ein, den sterbenden Beethoven zu besuchen. Schindler wisse Bescheid.

Es ist eine Szene, die seine Freunde sich ausgedacht haben könnten. Er wird vorgelassen, allein, nicht zusammen mit Hüttenbrenner.

Beethoven liegt im Bett, reglos, wie aufgebahrt. Er hört nichts. Er kann alles hören. Schindler misst die Zeit der Betrachtung. Nun nickt er, kaum merklich. Es reicht. Er müsse sich entfernen.

Beim Begräbnis am 26. März ist er einer von den sechsunddreißig Fackelträgern, Grillparzer und Raimund mit ihm, auch Randhartinger, der Kamerad aus dem Konvikt, den er nie hat leiden können, der später Dirigent der Hofkapelle sein wird, mit dem er nach der Beerdigung auf dem Währinger Friedhof in ein Beisl zieht, sich betrinkt, so gut wie nichts mit ihm redet, was sollte er auch, aber in Gedanken probiert er Sonaten-Anfänge aus.

Mit Bauernfeld gerät er beinahe noch in die Fänge der Metternichschen Polizei, was eher ein Gaudium gewesen wäre, dennoch spürt er den frostigen Zugriff: Sie waren beide aufgefordert worden, dem Unsinnsbund der Ludlamshöhle beizutreten, einer Vereinigung von Bürgern und Künstlern, die sich im Bund als Ausbund von Narretei und Heilsicht auszuweisen hatten, nun der Polizei wegen Geheimbündelei vorgeführt wurden.

Lauf, Schubert, lauf, habe ich ihm, kommentiert Bauernfeld im Nachhinein, zugerufen.

Lauf, Schubert, lauf.

Wieder gibt es keinen Hinweis, wo und wann er zum ersten Mal in der „Urania“ blättert, in der zwölf Gedichte der

Winterreise stehen. Das Taschenbuch ist dem Jahr 1823 gewidmet, also vor vier Jahren erschienen. Wahrscheinlich abgegriffen, Lesezeichen zwischen den Seiten.
Es könnte so gewesen sein: Er ist mit Schober früher nach Hause gekommen als üblich. Sie unterhalten sich über Bekannte und Unbekannte, denen sie im Laufe des Abends begegneten, wobei Schober sich durch anzügliche Charakterisierungen hervortut. Schubert möchte sich zurückziehen; Schober überredet ihn, wenigstens für ein Glas Wein noch zu ihm zu kommen. Sie plaudern. Inzwischen hat er gelernt, seine Gegenwart vorzutäuschen. Schober wiederum kümmert sich nicht um seine Abwesenheit.
Da hast du recht, sagt er.
Wie angenehm, sagt er.
Aber geh, sagt er.
Ja, der Huber hat etwas Ordinäres, sagt er.
Auf dem Tisch liegt ein Bändchen, das Schober offensichtlich auf seiner Reise begleitet hat. Schubert greift danach, wirft Schober einen fragenden Blick zu, blättert ohne größeres Interesse, das Buch bleibt aufgeschlagen, er liest den Namen des Dichters: Wilhelm Müller, liest weiter: „Fremd bin ich eingezogen / fremd zieh ich wieder aus", erhebt sich, entschuldigt sich bei Schober, geht über den Flur in seine Kammer, setzt sich, zieht den Stuhl eng an den Tisch, legt das Buch vor sich hin, streicht mit dem Handrücken über die aufgeschlagenen Seiten, liest „Fremd bin ich eingezogen / fremd zieh ich wieder aus", und pocht die Achtel, diese Schrittfigur, die das Laufen nicht meint, das Wandern nicht, sondern das ungestüme Treten auf der Stelle: „Fremd bin ich eingezogen".

(Ritardando. Sie wandern aufeinander zu, zwei Schwierige, in sich gekehrt, viel zu früh müde, und kommen sich doch nicht vor die Augen. Es ist schon eine Weile her, dass ich diesen Anfang einer kurzen Lebensbeschreibung Wilhelm Müllers schrieb. Jetzt, nachlesend, erstaunt es mich noch mehr, dass Schubert sich nie weiter um den Dichter der „Schönen Müllerin" und der „Winterreise" kümmerte, nie nach ihm fragte, nichts von ihm wissen wollte. Müller kam um Schuberts Antwort, hörte sie nie. Sie hätte ihm auch nicht mehr helfen, ihn aber für einen Moment glücklich stimmen können. Müller war drei Jahre älter, 1794 in Dessau geboren. In bescheidenen Verhältnissen wuchs er auf, verlor, wie Schubert, bald die erste Mutter. Der Vater ermöglichte ihm ein ausgiebiges Studium in Jurisprudenz und Philosophie. Er reiste, wurde Soldat, entzückte in Berlin die Damen und Herren im Salon von Luise Hensel, schrieb, angeregt von Goethe, als „Spiel" den Gedichtkreis um die „Schönen Müllerin", heiratete Adelheid Basedow, gab seiner Unruhe nach, wanderte, wollte nach Athen, kam nach Rom, empörte sich über die verordneten Unreinheiten, die Pressezensur, wurde ein liebevoller Vater, ein geachteter Bibliothekar in seiner Vaterstadt Dessau; Heine rühmte ihn, und die schwäbischen Romantiker nahmen ihn in ihrem Kreis auf. Da war er aber schon unterwegs, hatte seine langen und nicht gerade geglückten Gedichte für die um ihre Freiheit kämpfenden Griechen veröffentlicht und hieß von da an der Griechen-Müller, war unterwegs, und aus der Rinde, in die er seine Liebe eingeschnitzt hatte, war Eis geworden: „Mein Herz, in diesem Bache / erkennst du nun dein Bild? / Ob's unter seiner Rinde / wohl auch so reißend schwillt?" In dem Jahr, 1827, als

Schubert seine Winterreise antrat, die zwölf Gedichte aus der Urania vertonte, starb Wilhelm Müller. Es kann sein, er nahm sich, wandermüde, das Leben. Ich frage mich, ob keine der Wiener Zeitungen diese Nachricht brachte. Das ist kaum vorstellbar. Doch scheint es so gewesen zu sein. Schubert erfuhr nicht, dass ihm sein Wandergefährte, jener, der über den Frost unter den Menschen und die auskühlende Erde so viel wusste wie er, vorausgegangen war.)

Fremd zieht er wieder aus.
Niemand darf ihn mehr stören, auch die engsten Freunde nicht. Er verrät ihnen nicht, woran er arbeitet.
Abends lässt er sich von ihnen ausführen, in den „Anker", ins „Burgundische Kreuz", ins „Goldene Lamm", in den „Mohren", in den „König von England", in den „Roten Igel", ins „Rote Kreuz", in den „Roten Krebsen".
Schwind fragt ihn, ob ihn die Komponiererei schrumpfen lasse. Er wirke noch kleiner.
Übernimm dich nicht, bittet Bauernfeld.
Es gehe ihm wohl wie selten. Die Entfernung, aus der er antwortet, erschreckt ihn.

„Der Wind spielt mit der Wetterfahne
auf meines schönen Liebchens Haus;
da dacht' ich schon in meinem Wahne,
sie pfiff' den armen Flüchtling aus."

Bei einer Schubertiade in einem gräflichen Haus überschüttet die Gastgeberin Schönstein, der singt, mit allergrößtem Lob und übersieht den Komponisten, der ihn begleitet hat. Er bleibt den Abend über hinterm Klavier

sitzen, und es hätte nicht viel gefehlt, er wäre darin verschwunden.
Schober führt gelegentlich Bewunderer zu ihm ins Zimmer, bleibt dabei, achtet darauf, dass sie ihm nicht auf die Nerven gehen.
„Ich besuchte ihn in seinem hochgelegenen, dürftig ausgestatteten Zimmer. Ein ziemlich breites, in ursprünglicher Einfachheit konstruiertes Stehpult ist mir noch gegenwärtig – es lagen frisch geschriebene Manuskripte darauf. ‚Sie komponieren so viel', sagte ich zum jungen Meister. ‚Ich schreib jeden Vormittag einige Stunden', erwiderte er in bescheidenstem Tone, ‚wenn ich ein Stück fertig habe, fang ich ein anderes an.' Offenbar tat er eigentlich nur Musik – und lebte so nebenbei."
Und lebte so nebenbei.
Während er dichtet, erinnert er sich fortwährend an die Müllerin. Gleichzeitig wird ihm bei jedem Takt, bei jedem melodischen Einfall klar, dass er mit dem namenlosen Wanderer sich über eine Grenze begibt. Der Sommer, die grüne Erde, der sprechende Bach haben dem Wanderer einen Tod unter einem weiten Sternenhimmel erlaubt, ein „Und der Himmel da oben, wie ist er so weit". Jenseits der Grenze, wo er nun wandert, gibt es kein Grün mehr, die Welt erstarrt in Eis und Schnee, die Liebe findet keine Gestalt mehr, sie ist dem Wanderer körperlos wie ein Vorwurf an seine Wärme im Gedächtnis, und der Bach, der ruhlose Freund, erstarrt und lässt ihn allein.

„Der du so lustig rauschtest,
du heller, wilder Fluss,
wie still bist du geworden,
gibst keinen Scheidegruß.

Mit harter, starrer Rinde
hast du dich überdeckt,
liegst kalt und unbeweglich
im Sande hingestreckt."

Die Gedichtfolge in der „Urania" schloss mit „Einsamkeit". Nicht mit dem „Leiermann".
Nachdem er die ersten zwölf Lieder in der „Winterreise" komponiert und in der erweiterten Ausgabe von Müllers „Hinterlassenen Papieren eines reisenden Waldhornisten" weitere zwölf Gedichte entdeckt hat, hält er auf seiner Wanderung an, springt in die Wirklichkeit, die er von nun an mit den Augen des Wanderers betrachtet.
Er wird von dem Advokat Pachler und seiner Frau, der Pianistin Marie Pachler, nach Graz eingeladen. Für sie komponiert er „Zwölf Grazer Walzer".
Da dankt er nicht aus Konvention. In den drei Septemberwochen wird er von kundigen, freundlichen Menschen ernst genommen und kann sich für die letzte Etappe der Wanderung stärken. Er weiß, er wird in einen Winter zurückkehren, der nicht mehr endet, und das schreibt er andeutend auch in seinem Dankesbrief an Marie Pachler: „Schon jetzt erfahre ich, dass ich mich in Grätz zu wohl befunden habe, und Wien will mir noch nicht recht in den Kopf, 's ist freylich ein wenig groß, dafür aber ist es leer an Herzlichkeit, Offenheit, an wirklichen Gedanken, an ver-

nünftigen Worten und besonders an geistreichen Thaten. Man weiß nicht recht, ist man g'scheidt oder dumm, so viel wird hier durcheinander geplaudert, und zu einer innigen Fröhlichkeit gelangt man selten oder nie. 's ist zwar möglich, dass ich selbst viel daran Schuld bin mit meiner langsamen Art zu erwärmen."

„Hier und da ist an den Bäumen
noch ein buntes Blatt zu sehn,
und ich bleibe vor den Bäumen
oftmals in Gedanken stehn.

Schaue nach dem einen Blatte,
hänge meine Hoffnung dran;
spielt der Wind mit meinem Blatte,
zittr' ich, was ich zittern kann.

Ach, und fällt das Blatt zu Boden,
fällt mit ihm die Hoffnung ab,
fall' ich selber mit zu Boden,
wein' auf meiner Hoffnung Grab."

Kaum aus Graz zurück, beginnt er mit dem zweiten Teil der „Winterreise". Jedes Lied reißt ihn hoch und schwächt ihn. Er braucht mehr Zeit als üblich, pausiert, lenkt sich mit anderen Kompositionen ab. Seine Reise wird in ihrer ewigen Wiederholung zum desaströsen Kunststück und zum Menetekel:

„Wunderlicher Alter!
Soll ich mit dir gehn?
Willst zu meinem Lied
deine Leier drehn?“

Dem entkommt er nicht mehr. Dagegen wehrt er sich auch nicht.
Ehe er nach Graz gefahren war, hatte er Freunde eingeladen ins Musikzimmer bei Schober und ihnen den ersten Teil der Winterreise vorgesungen. Er war sicher, die Lieder würden sie erschrecken. Aber erst einmal gab er dem eigenen Schrecken nach: „Wir gingen zu Schober, wo wir Spaun, Schwind, Bauernfeld … trafen, weil Schubert, Schobers Zimmerherr, uns eingeladen hatte, seine neuen Kompositionen anzuhören, aber unser Freund Schubert kam nicht. Endlich übernahm Schwind es, einige ältere Lieder von Schubert zu singen, die uns entzückten.“
Er hatte sich in die „Krone“ geflüchtet, sich unsichtbar gemacht. Sie würden die Botschaft früh genug hören.
Im Herbst darauf wiederholt er die Einladung, stellt sich. Wie er erwartet, reagieren die Freunde befremdet.
„Er sang uns nun mit bewegter Stimme die ganze Winterreise durch. Wir waren über die düstere Stimmung dieser Lieder ganz verblüfft“, erinnert sich Spaun. „Und Schober sagte, es habe ihm nur ein Lied ‚Der Lindenbaum‘ gefallen. Schubert sagte hierauf, ‚mir gefallen diese Lieder mehr als alle, und sie werden euch auch noch gefallen.‘“
Er wird sich, nach der Meinung Schobers, von der Strapaze erholen. Schließlich hat er wieder Mohrenlocken wie früher. Schließlich klagt er nicht mehr über wandernde Schmerzen.

Schließlich hat er einen Erfolg nach dem andern, sogar Musikverlage aus Berlin und Leipzig zeigen sich interessiert.
Kümmert es ihn?
Ein bizarrer Gast erscheint in Wien, die Musik als equilibristische Kunst, als Magie betreibend. An solchen Dämonen findet er nun Gefallen. Mit Spaun besucht er das erste Konzert, das Paganini von vierzehn Konzerten gibt.
„Es ist nur eine Stimme in unsern Mauern, und die schreiet: Höret Paganini."
Ein flüchtiger Schatten, dem Feuer so nah wie dem Eis, und ein Weggefährte auch.

„Der Reif hatt' einen weißen Schein
mir übers Haar gestreuet,
da meint' ich, schon ein Greis zu sein,
und hab' mich sehr gefreuet."

Manchmal schafft er es, der Obhut seiner Freunde zu entwischen. Er sucht wieder die Madeln auf, nicht mehr an der Donau, sondern in den Heurigenlokalen, wo sie nicht viel erwarten und noch weniger verlangen. Und wenn er für sich bleibt, fällt es auch nicht weiter auf.
In den Bäumen fängt sich das Licht der Laternen.
Er trinkt viel. So ist es ihm leichter, Worte zu wechseln, eine der jungen Frauen zu sich zu bitten, wie zufällig.
Meistens geht er nach Grinzing, in einen Heurigenhof, in dem ein heruntergekommener Greis wunderbar Geige spielt, vorzugsweise Mozart.
Komm schon.
Sie drückt sich an ihn.

Er küsst sie, fasst sie an.
Wie er heiße.
Franz.
Der Franzl.
Ein zufälliger Gast, von fern gekommen, schaulustig und begierig auf Wiener Berühmtheiten, läuft ihm unter den sich herbstlich einfärbenden Bäumen über den Weg, Hoffmann von Fallersleben: „Der alte Fiedler spielt aus Mozart ... Schubert mit seinem Mädel erhuschten wir von unserm Sitze aus; er kam zu uns und ließ sich nicht wieder blicken“, verschwindet aus dem Vorstadtbild, mit oder ohne Mädel, aber mit Locken wieder, gekleidet „mit sauberem Rock, einem blanken Hut“:

„Und als die Hähne krähten,
da ward mein Herze wach;
nun sitz' ich hier alleine
und denke dem Traume nach.

Die Augen schließ' ich wieder,
noch schlägt das Herz so warm.
Wann grünt ihr Blätter am Fenster?
Wann halt' ich dich, Liebchen, im Arm?“

Dem wohlgeborenen Fräulein Nanette Hönig, das zum schmückenden Personal der Schubertiaden zählt, teilt er „zu eigenen Händen“ mit:
Es fällt mir schwer, Sie benachrichtigen zu müssen, dass ich heute Abends nicht das Vergnügen haben kann, in Ihrer Gesellschaft zu seyn. Ich bin krank, und zwar von der Art, dass ich für jede Gesellschaft gänzlich untauglich bin. Mit

der nochmahligen Versicherung, dass es mir außerordentlich leid thut, Ihnen nicht zu Diensten zu seyn können."

„Ich musst' auch heute wandern
vorbei in tiefer Nacht,
da hab' ich noch im Dunkeln
die Augen zugemacht."

Am 14. Januar 1828 kündigt der Musikverleger Tobias Haslinger in der „Wiener Zeitung" an: „Winterreise, von Wilhelm Müller, in Musik gesetzt für eine Singstimme mit Begleitung des Pianoforte von Franz Schubert. 89stes Werk. In farbigem Umschlag gebunden."
Dies zu lesen, macht ihn stolz. Seine Stimmung hellt sich etwas auf, worauf Schober sofort umtriebig wird, plant und ins Leben ruft, was schon einmal am Leben war: Die Freunde sollen sich wieder zu Leseabenden treffen; als Lektüre schlägt er die Bücher der „Neuen" vor, Tieck zum Beispiel, Kleist, Schlegel, Novalis. Ein letztes Mal gelingt es Schober, ohne jede Absicht, den Freund auf seiner Wanderung weiterzubringen. Ein paar Stationen fehlen noch, ein paar Sätze.
Sie lesen gemeinsam Heines „Buch der Lieder". Endlich kann der sich zu ihm gesellen; der, in vielfältiger Gestalt, ihn schon lang begleitete: Der Doppelgänger.
Er tritt dort auf – in einem schweren Traum, der zu tönen beginnt –, wo der Wanderer fremd ein- und auszieht. Es ist die gleiche Szene, die gleiche unaufhebbare Unwirtlichkeit:

„Sill ist die Nacht, es ruhen die Gassen.
In diesem Hause wohnte mein Schatz;
sie hat schon längst die Stadt verlassen,
doch steht noch das Haus auf demselben Platz.

Da steht auch ein Mensch und starrt in die Höhe,
und ringt die Hände, vor Schmerzensgewalt;
mir graust es, wenn ich sein Antlitz sehe, –
der Mond zeigt mir meine eigne Gestalt.

Du Doppelgänger! du bleicher Geselle!
Was äffst du nach mein Liebesleid,
das mich gequält auf dieser Stelle,
so manche Nacht, in alter Zeit?"

Das Ostinato, mit dem er dieses Lied eröffnet, eine melodische Kreuzform, erinnert an die Spur der Passion und erwidert den immer schwerer werdenden Achteln des Wanderers:

„Ich kann zu meiner Reisen
nicht wählen mit der Zeit,
muss selbst den Weg mir weisen
in dieser Dunkelheit.

Es zieht ein Mondenschatten
als mein Geführte mit,
und auf den weißen Matten
such' ich des Wildes Tritt."

Ohne sich und den andern die plötzliche Laune zu erklären, erkundet er die Stadt, läuft zum Himmelpfortgrund und auf die Roßau, spaziert durch die innere Stadt, sammelt die Erinnerungen an seine Quartiere ein, steigt Treppenhäuser hinauf und geht wieder hinunter, ohne irgendwo angeklopft zu haben, repetiert Wirtshäuser und Stammtische. Jeden, der ihm zufällig begegnet, nimmt er, wenn er Zeit hat, ein Stück mit, unterhält ihn mit Anekdoten oder sagt, wie ein Schüler, Gedichte auf. Und in die Kirchen, die er von Kind her kannte, tritt er wie ein Pilger.

Peter Härtling

Aus der „Winterreise“ von Franz Schubert

Erstarrung

Ich such' im Schnee vergebens
nach ihrer Tritte Spur,
wo sie an meinem Arme
durchstrich die grüne Flur.
Ich will den Boden küssen,
durchdringen Eis und Schnee
mit meinen heißen Tränen,
bis ich die Erde seh'.

Wo find' ich eine Blüte,
wo find' ich grünes Gras?
Die Blumen sind erstorben,
der Rasen sieht so blass.

Soll denn kein Angedenken
ich nehmen mit von hier?
Wenn meine Schmerzen schweigen,
wer sagt mir dann von ihr?

Mein Herz ist wie erstorben,
kalt starrt ihr Bild darin;
schmilzt je das Herz mir wieder,
fließt auch ihr Bild dahin!

Gute Nacht

Fremd bin ich eingezogen,
fremd zieh' ich wieder aus.
Der Mai war mir gewogen,
mit manchem Blumenstrauß.
Das Mädchen sprach von Liebe,
die Mutter gar von Eh', –
nun ist die Welt so trübe,
der Weg gehüllt in Schnee.

Ich kann zu meiner Reisen
nicht wählen mit der Zeit,
muss selbst den Weg mir weisen
in dieser Dunkelheit.
Es zieht ein Mondenschatten
als mein Gefährte mit,
und auf den weißen Matten
such' ich des Wildes Tritt.

Was soll ich länger weilen,
dass man mich trieb hinaus?
Lass irre Hunde heulen
vor ihres Herren Haus;
die Liebe liebt das Wandern
– Gott hat sie so gemacht –
von einem zu dem andern.
Fein Liebchen, gute Nacht!

Will dich im Traum nicht stören,
wär schad' um deine Ruh'.
Sollst meinen Tritt nicht hören
– sacht, sacht die Türe zu!
Schreib im Vorübergehen
ans Tor dir: Gute Nacht,
damit du mögest sehen,
an dich hab' ich gedacht.

Mut

Fliegt der Schnee mir ins Gesicht,
schüttl' ich ihn herunter.
Wenn mein Herz im Busen spricht,
sing' ich hell und munter.

Höre nicht, was es mir sagt,
habe keine Ohren;
fühle nicht, was es mir klagt,
Klagen ist für Toren.

Lustig in die Welt hinein
gegen Wind und Wetter!
Will kein Gott auf Erden sein,
sind wir selber Götter!

Gefror'ne Tränen

Gefror'ne Tropfen fallen
von meinen Wangen ab:
Ob es mir denn entgangen,
dass ich geweinet hab'?

Ei Tränen, meine Tränen,
und seid ihr gar so lau,
dass ihr erstarrt zu Eise
wie kühler Morgentau?

Und dringt doch aus der Quelle
der Brust so glühend heiß,
als wolltet ihr zerschmelzen
des ganzen Winters Eis!

Wilhelm Müller

Wasserflut

Manche Trän' aus meinen Augen
ist gefallen in den Schnee;
seine kalten Flocken saugen
durstig ein das heiße Weh.

Wenn die Gräser sprossen wollen
weht daher ein lauer Wind,
und das Eis zerspringt in Schollen
und der weiche Schnee zerrinnt.

Schnee, du weißt von meinem Sehnen,
sag', wohin doch geht dein Lauf?
Folge nach nur meinen Tränen,
nimmt dich bald das Bächlein auf.

Wirst mit ihm die Stadt durchziehen,
muntre Straßen ein und aus;
fühlst du meine Tränen glühen,
da ist meiner Liebsten Haus.

Wilhelm Müller

Winter 1814–15

Beethoven zieht um

Während des Winters 1814/1815 finden wir Beethoven noch einmal im Bartenstein-Haus, Mölkerbastei Nr. 94. Leider machte er sich wieder unbeliebt: die Streitigkeiten mit den Bediensteten nahmen eher zu als ab. Seine Konfusion spielte ihm oft die bösesten Streiche.

Einmal hatte Beethovens Köchin Mariandel drei indianische Hühner gekauft, von welchen alle Sonntag eines auf den Tisch kam. Am vierten Sonntag schaffte Beethoven allen Ernstes der Köchin an, nunmehr den dritten Indian zu braten. Und er war kaum davon zu überzeugen, dass alle längst verspeist waren. Kein Wunder also, wenn die Dienstboten störrisch wurden und Beethoven solche Episteln an seine Freundin Nanette Streicher richten musste wie diese: „Was die B(aberl) betrifft, so geht sie Montag in der Früh, zu Mittag kann also die andere oder Nachmittags gegen 2 oder 3 Uhr, wie Sie am besten glauben, einstehen ... Übrigens habe ich guten Grund zu glauben, dass die N. oder die andere ihre Spionereyen in ihrem Haus fortsetzt: – Vorgestern Abend fing die N. an, mich auf ihre allem Mistvolk eigene Art des Läutens wegen aufzuziehen, sie wusste also schon, dass ich ihnen davon geschrieben; gestern Morgen gingen die Teufeleyen wieder an, ich machte kurzen Spaß und warf der B. meinen schweren Sessel am Bette auf den Leib, dafür hatte ich den ganzen Tag Ruhe, immer nehmen sie Rache an mir, so oft sie eine Korrespondenz verrichten oder sonst etwas bemerken zwischen uns ...“

Abgesehen von solchen Zwischenfällen verlief der Tag Beethovens planvoll und ruhig. Zu jeder Jahreszeit stand er mit Tagesanbruch auf, um sogleich an seinen Schreibtisch zu gehen. Zum Frühstück bereitete er sich einen Kaffee in einer Glasmaschine selbst. Für jede Tasse rechnete er genau sechzig Bohnen – er ließ sich auch in Anwesenheit von Gästen nicht abhalten, diese Menge abzuzählen. Dann arbeitete er etwa bis zwei oder drei Uhr weiter. Um diese Zeit musste das Mittagessen auf dem Tisch stehen. Es kam auch vor, dass die Unruhe ihn packte und er noch vor dem Essen auf ein bis zwei Stunden ins Freie eilte – im Winter über das Glacis, über den Wiener Linienwall, nach Hernals, Ottakring, vielleicht auch einmal bis nach Schönbrunn – im Sommer in die Natur, doch immer dabei in seine geistige Arbeit vertieft, meditierend oder komponierend. Diese geistige Anspannung verließ ihn in keiner Umgebung; ja, es schien, als mache sie ihn unempfindlich für Sonne und Hitze, Regen und Sturm.
In seiner Zerstreutheit, die doch nur daraus resultierte, dass er innerlich beschäftigt war und auf alles von außen Kommende nicht achtete, passierte es gelegentlich, dass er seinen Hut verlor, ihn irgendwo achtlos liegen ließ – unter einem Baum, an dem er gelagert, in einem Gasthaus oder wo immer –, und dass er bei Unwetter triefend nass zu Hause anlangte. Auch machte er sich nichts daraus, an heißen Tagen im Freien den Frack auszuziehen und über einen Stecken zu hängen, den er auf die Schulter schwang. Nach dem Essen arbeitete Beethoven oder ging wieder aus. Seine Spaziergänge endeten meist zu späterer Stunde in einem der Bierhäuser, in denen man Beethoven kannte. Es waren dies das Gasthaus „Zum Roten Hahn“, auf der

Hauptstraße Nr. 40 und „Die goldene Birne“, Hauptstraße Nr. 31. Er betrat sie selten anders als durch den Hintereingang. Oft saß er auch in einem Caféhaus und las die Tageszeitungen, von denen er die Augsburger Allgemeine bevorzugte.

Die Winterabende verbrachte Beethoven gewöhnlich zu Hause; sie waren wieder seinen Werken gewidmet, wie auch der ernsten Lektüre. Gewöhnlich ging er gegen 10 Uhr schlafen; wenn jedoch größere Arbeiten ihn gefangen hielten, wie etwa die *Missa solemnis* oder Symphonien, so wurde es auch Mitternacht. Mit zunehmendem Alter mied Beethoven wegen der heftigen Augenschmerzen ängstlich jede Überanstrengung und schrieb nach Eintritt der Dunkelheit überhaupt keine Noten mehr.

Gern setzte Beethoven sich, wenn es zu dämmern begann, an den Flügel, um zu fantasieren. Er griff auch wohl zur Geige, die immer griffbereit darauf lag. Vor Fremden spielte er jedoch nur ungern. Da er ihre unausgesprochenen Wünsche in dieser Hinsicht kannte, erlaubte er sich oft den Scherz, ein paar Akkorde im Stehen zu greifen und dann lachend vom Instrument fortzugehen. Einen Besucher, der ohne sein Wissen im Vorzimmer wartete, fuhr er einmal unwirsch an: „Ich wünsche nicht, dass mir irgendjemand zuhört.“ Doch als er der Wirkung seiner Worte gewahr wurde, begrüßte er ihn umso freundlicher. Es tat ihm sogleich wieder leid.

Überhaupt lagen Misstrauen und größte Vertrauensseligkeit bei Beethoven dicht nebeneinander. Dem Komponisten Himmel aus Berlin, der ihm einst den Bären aufband, man hätte dort eine „Laterne für Blinde“ erfunden, wurde er nie mehr gut, als er merkte, dass dieser ihn gefoppt

hatte. Im Übrigen aber wusste Beethoven sehr wohl um seine Schwächen. Und was seine Reizbarkeit und das allzu explosive Naturell verschuldeten, das machte er vielfältig wieder gut.
Beispiele hierfür gibt es genug in seinem Leben. Wir brauchen uns nur die beiden Briefe zu vergegenwärtigen, die er im Jahre 1799 binnen zwei Tagen an den Komponisten Hummel richtete. Im ersten heißt es: „Komme er nicht mehr zu mir! Er ist ein falscher Hund und falsche Hunde hole der Schinder!" Numero zwei lautet: „Herzens Nazerl! Du bist ein ehrlicher Kerl und hattest recht, das sehe ich ein; komm also diesen Nachmittag zu mir, Du findest auch den Shuppanzigh, und wir beide wollen Dich rüffeln und schütteln, dass Du Deine Freude haben sollst. Dich küsst Dein Beethoven."
Es war wohl so: Beethovens Leichtgläubigkeit kam aus seinem Wesen, sein Misstrauen aber aus der Erfahrung. Die beiden lagen oft im Widerstreit, doch am Ende siegten das gute Herz und die Unbestechlichkeit sich selbst gegenüber. Nicht umsonst schreibt ja Beethoven: „hattest recht, das sehe ich ein". Genau, wie er oft sagte und es auch meinte: „Ich vergesse lieber, was ich mir selber schulde, als was ich andern schuldig bin."

Chris Stadtlaender

Alles still

Alles still! Dem Auge zeigen,
schneebedeckt, sich Wald und Flur,
und darüber thront das Schweigen
und der Sternenhimmel nur.

Alles still! Vergeblich lauschet
man der Dohle heisrem Schrei,
keiner Fichte Wipfel rauschet,
und kein Bächlein summt vorbei.

Alles still! Die fernen Hütten
sind wie Gräber anzusehn,
die, von Schnee bedeckt, inmitten
eines schlichten Friedhofs stehn.

Alles still! Und ach, dem Schweigen
schaut mein Herz wie neidisch zu;
würde bald auch ihm zu eigen
solche tiefe, tiefe Ruh.

Theodor Fontane

Vorwinter

Ruh dich lange aus
von der warmen Milch,
dem frisch gefallenen Schnee.
Die Drucksachen warten nicht länger.

Ein Grasgelände, von Katzengräbern durchsetzt.
Meine Tochter wartet auf den Winter,
sie wächst aus den Schischuhen.
Mir wird das Postfach zu groß.

Morgen nehme ich Klavierunterricht,
es ist nie zu spät.
Der fröhliche Landmann
fährt eine Spur in den Schnee.

Günter Eich

Hamburg im Januar 1865

An diesem kalten Winterabend wäre Johanna Christiane Brahms am liebsten zu Hause geblieben. Sie war nicht mehr gut zu Fuß und mit den Augen wurde es immer schlechter. Doch wenn einer ihrer zwei Sohne öffentlich auftrat, durfte sie nicht fehlen. Das würde so bleiben bis zum Lebensende. Fritz, der Jüngste, gab im großen Wörmerschen Saal Konzert. Mit zwei Herren vom Philharmonischen Orchester spielte er ein Klaviertrio seines Bruders. Vor einem Jahr, als der Junge schon einmal hier eine Soiree veranstaltet hatte, war die Familie gemeinsam gekommen. Diesmal war von der Verwandtschaft nur Elise unter den zahlreichen Zuhörern. Mutter Brahms spürte den aufkommenden Ärger, der sie seit Monaten heimsuchte. Jakob, ihr Mann, glänzte mal wieder durch Abwesenheit. Seit Tagen hatte sie nichts von ihm gehört. Johannes lebte das dritte Jahr im fernen Wien und kam immer seltener nach Hamburg. Das bedrückte sie.

Während das ungebärdige Trio ihres Sohnes erklang, musste die kleine alte Frau fortwährend grübeln. Sie spitzte die Lippen und strich sich über die eingefallenen Wangen. Warum nur war der Familienfrieden im vergangenen Jahr so hoffnungslos zerbrochen? Jahrzehntelang kam man doch zurecht. Und wie oft war sie hell begeistert von den Künsten ihrer drei Männer. Besonders gern erinnerte sie sich an die beiden Auftritte im März 1859. In ihre wasserblauen Augen kam ein Leuchten. Sie wusste den Zeitpunkt genau, weil damals der Dirigent vom Philharmonischen Orchester erstmals in Hamburg auftrat. Der Name fiel ihr nicht gleich ein, obwohl der Mann ihren Jakob eingestellt hatte. In letzter Zeit suchte sie oft nach Namen. Dabei war das Gedächtnis immer ihre große Stärke gewesen.

Richtig, Stockhausen, der Sänger. Und Herr Joachim war damals auch mit von der Partie. Erst hatte Hannes sein Klavierkonzert gespielt. Ein paar Tage darauf wurde hier in diesem Saal seine Serenade gegeben. Dort, auf der Bühne rechts, hatte Jakob den Kontrabass gestrichen und mit ein paar Kollegen ein Stück seines Ältesten aufgeführt. Und hinterher standen Vater und Sohn einträchtig auf der Bühne und verbeugten sich. Das war einer der schönsten Tage ihres Lebens und ein Freudentag für die Familie.

Die Erinnerung hatte sie belebt. Sie nestelte an dem Knoten, zu dem ihr spärliches Haar gesteckt war, und wandte sich wieder der erklingenden Musik zu. Eigentlich hätte ihr das wild auffahrende Stück in der Manier des jungen Kreisler vertraut sein müssen. Es war noch zu Lebzeiten von Herrn Schumann entstanden, und damals behielt sie stets die Übersicht. Doch an diesem Abend konnte sie den verschlungenen Linien der drei Instrumente nicht recht folgen. Es war, als wollte sie Wasser mit einem Sieb schöpfen. Die Töne gingen nicht ins Ohr, geschweige ins Herz. Sicher lag es an ihr. Mit fünfundsiebzig Jahren war man eben nicht mehr so gut beisammen.

Sie nahm den Programmzettel zur Hand und las: Konzertgeber – Friedrich Brahms. Kompositionen – Johannes Brahms. Wer hätte sich das träumen lassen? Und das mit einem vollen Saal. Sie sah die Stuhlreihen entlang. In der Mitte saß Professor Marxsen in Begleitung seines Neffen. Viele berühmte Leute waren gekommen und hörten andächtig zu. Wieder fehlte ihr der eine oder der andere

Name. Doch sie ließ es dabei bewenden und widmete sich wieder dem Geschehen auf dem Podium. Mit welchem Elan ihr Jüngster musizierte. Wie immer war er akkurat gekleidet, passend zum Flügel, eine tadellose Erscheinung. Sie lehnte sich ein wenig zur Seite und berührte vorsichtig den Arm ihrer Tochter.

Was ist?, flüsterte Elise, den Blick nach vorn gerichtet.

Christiane erkannte an ihren schmalen Augenschlitzen, dass sie noch immer unter Kopfschmerzen litt.

Schön, dass wir gefahren sind, Kleines, sagte sie und schenkte ihr ein Lächeln. Dabei schloss sie den Mund, um die Zahnlücken zu verbergen. Sie wollte noch anfügen, wie sehr ihr die anderen Familienmitglieder fehlten, doch von beiden Seiten kamen böse Blicke, und so schwieg sie.

Vor allem war es Johannes, der ihr fehlte. Es war nicht vor allem, dass er in unerreichbarer Ferne wohnte. Seit dem heillosen Zerwürfnis mit ihrem Mann benahm sich ihr Liebling so merkwürdig. Er schien mehr zum Vater zu halten als zu seiner gebrechlichen Mutter. Wahrscheinlich hatte er kein Vertrauen mehr zu ihr. Das kränkte sie bis ins Innerste. Ihr Mann, das sagten alle, hatte jeden Kredit verspielt. Er betrieb selbstsüchtig die Scheidung, offiziell vor Gericht. Natürlich besaß er ungleich mehr Lebenskraft als sie. Aber warum hatte er eine Frau geheiratet, die siebzehn Jahre älter war als er? Dazu musste er nun stehen. Stattdessen klagte er überall in der Stadt, wie sehr er unter Weib und Kind gelitten hätte. Wo war er überhaupt? Kam nicht einmal, wenn sein eigener Sohn spielte. Ein feiner Vater.

Seit ihr Mann zu Hause ausgezogen war, konnte man nicht mehr mit ihm reden. Vor allem die leidigen Geldgeschichten. Wo es ging, knauserte er am Haushaltsgeld. Wie sollten denn zwei erwachsene Menschen mit dem lausigen Zuschuss auskommen? Der Umzug im Herbst hatte sie in Schulden gestürzt. Elises Rechnung für den Zahnarzt stand aus. Die Miete wurde fällig. Das kümmerte ihn alles nicht. Zum Glück war Frau Dr. Schumann vor Weihnachten in Hamburg gewesen und hatte bei ihrem Besuch eine schöne Summe vom Hannes überbracht. Wenigstens eine kleine Zeit war keine Not.

Christiane Brahms fand zu der musikalischen Darbietung zurück. Fritz machte seine Sache gut. Wie er es den beiden älteren Mitspielern gleichtat, darauf konnte die Familie stolz sein. Doch was hieß hier noch Familie? Die Harmonie war seit Langem getrübt. Im letzten Jahr ging es hoch her, wie in diesem ausgedehnten Musikstück, das sie angestrengt verfolgte.

Fritz hielt sich meist aus allem heraus, da kam er nach seinem Vater. Er hatte sein Einkommen als Klavierlehrer, seine Wohnung in der Theaterstraße, Zugang zur besseren Gesellschaft. So einer verirrte sich kaum mal in die Vorstadt von St. Georg. Doch Jakob kam gar nicht mehr. Wieder klopfte bei ihr der Ärger an. Seit ihr Mann im Philharmonischen Orchester spielen durfte, hatte er nur noch seinen Kontrabass im Kopf gehabt. Elise mit ihrer Migräne konnte das ewige Üben eines Tages nicht mehr aushalten. Es kam zum Krach, ein heftiges Zerwürfnis zwischen Vater und Tochter. Sie als Mutter musste zu ihrem Kind halten, das verstand wohl jeder. Doch der alte Dickkopf war auf den Boden geflüchtet, im tiefsten Winter, hatte lieber gefroren als nachzugeben. Wahrscheinlich wollte er im Sinfoniekonzert den jungen Damen im-

ponieren. Er drehte sich doch nach jedem Weiberrock um.
Und dann hatte ihr Hannes bestimmt, dass die Eltern auseinanderziehen. Ihre Hände verkrampften sich unwillkürlich. Die Wohnung in der Hohen Fuhlentwiete hatte sie gern gehabt. Nun, An der langen Reihe, lebte man wieder so beengt. Gewiss, es hätte alles nicht so weit kommen müssen. Aber in ihrem Alter verließen einen die Kräfte. Vorigen Winter war sie gestürzt, hatte sich den Arm gebrochen. Das Augenlicht ließ nach. Das Atmen fiel schwer, vor allem beim Laufen. Dann die aufreibenden Zwistigkeiten, schließlich der Umzug. Doch das Schlimmste war, dass der geliebte älteste Sohn ihr so fremd geworden war. Sie mümmelte mit den schmalen Lippen und schluckte. Bis dahin hatte es nie etwas Trennendes zwischen ihr und ihm gegeben. Sie konnte sein Misstrauen einfach nicht ertragen.
Es hatte ganz unscheinbar begonnen. Zwölf Jahre lag das nun zurück. Das Leiden fing 1853 an, als Johannes mit dem ungarischen Geiger loszog, kurz vor seinem zwanzigsten Geburtstag. Niemand konnte ihn aufhalten. Dieser Abschied war der Anfang, und dann folgte nur noch Trennung auf Trennung. Es wurde höchste Zeit, ihm zu erklären, warum sich mit den Jahren alles verknotet hatte. Da er Weihnachten nicht nach Hause gekommen war, musste sie ihm eben einen Brief schreiben. So viel Kraft würde sie noch aufbringen.
Das Klaviertrio ging auf den Schluss zu. Christiane Brahms beobachtete ihren Jüngsten mit Wohlgefallen. Sie hatte alle ihre drei Kinder gleich lieb. Es waren gute Kinder. Keiner durfte sie ihr wegnehmen.

Durch den Beifall schrak sie hoch. Wegen ihrer abschweifenden Gedanken sah sie schuldbewusst in die Runde. Sie wollte nur mit ihrem Leben zufrieden sein, mehr nicht. Doch an ihr nagte etwas, das sich schwer ausdrücken ließ. Im Brief würde es gelingen.

Schön hat der Jung' gespielt, meinte Elise befriedigt.

Und alles so schwer auf dem Klavier, erwiderte die Mutter.

Unser Hannes hätte seine Freude gehabt.

Till Sailer

Der Schneefall

O langsames Fallen des Schnees,
unendliches schleierndes Treiben!
War' doch mein Auge geistesgestählt,
ihm könnte verborgen nicht bleiben,
dass jede Flocke des weißen Gewehs
gewusst ist, gewogen, gezählt.

O Flocken, die tanzend sich drehn,
ihr klein beseelten Persönlichkeiten,
vertragen von Schwere, Leichte und Wind,
in eurem Kommen und gehen
seh ich die Schicksale niedergleiten,
die ihr beginnt, vollendet, beginnt ...

Die eine fällt wollig und weich,
die andre voll Trotz und Kristallen,
die dritte von Widerständen geballt.
Doch löst sich morgen das bleiche Reich,
so stirbt nicht eine von allen
und die reinsten tauen zur Tropfengestalt.

O langsamer Schneefall der Welt,
der Geschlechter dicht schieierndes Treiben!
Es stirbt und schwindet kein einziges Los.
Wir schmelzen, aber wir bleiben,
wenn uns Tropfen der Tod, als Tauwind bestellt,
heimsucht und heimsammelt zum Schoß.

Franz Werfel

Willst du ein Bierpfeifer werden?

Ein schöner Kerl, denkt Mattheson, während er Händel durch halbgeschlossene Lider betrachtet. Ein Apoll, nein, eher ein Herkules mit seinem Riesenwuchs. Nur fett werden darf er nicht, er isst zu viel. Und mit einem Lächeln denkt er an die Austern, die Händel schon zum Frühstück im Dutzend hinunterzuschlürfen pflegt, an die Berge Pasteten, die er in sich hineinschiebt, um Ströme von Bier und Champagner hinterherzuschütten. Ein rastloser Esser mit nie versiegendem Appetit. Ja, das ist Händel wahrlich.
Auch jetzt kramt er im mitgeführten Reisekorb, zieht endlich ein gebratenes Huhn hervor. Er schlägt die Zähne ins weiße Fleisch, schlingt es herunter, als sei er tagelang nacktem Hunger ausgesetzt gewesen, entkorkt die mitgeführte Weißweinflasche, trinkt in gierigen Schlucken.
Ein Herkules, denkt Mattheson gleich noch einmal. Der passt auf keine Orgelbank. Und das Gleiche hatte er schon gedacht, als er den Freund zum ersten Mal gesehen hatte, damals im Hamburger St. Magdalenenkloster. Angelockt vom rauschenden Orgelspiel zur mittäglichen Stunde war er zur Empore hinaufgestiegen, und dort, ein gewaltiger Schatten gegen das einfallende Mittagslicht, hatte der junge Mann aus Halle gesessen.
Ein Bär, dachte Mattheson, aber von musikalischem Genie. Man müsste ihn nur zähmen. Und der Ältere hatte den Jüngeren gleichsam an die Hand genommen, hatte ihn hinausgeführt aus allem Kirchendunst, hinein in die Salons der feinen Gesellschaft, wo Mattheson als Sohn eines reichen Steuereinziehers von Kindheit an zu Hause war.

Amüsiert hatte er beobachtet, wie rasch sich Händel nach ersten tapsenden Versuchen in dieser zunächst noch ungewohnten Welt zurechtgefunden hatte und bald schon ein Liebling der Hamburger Kaufmanns- und Geldaristokratie geworden war. Mein Werk, dachte Mattheson mit kleinem, feinen Stolz und einer seltsamen, ihm selber rätselhaften Zärtlichkeit.
So waren sie denn Freunde geworden.
Ja, wir sind Freunde, denkt Mattheson. Nur gut, dass uns die Nachfolge von Buxtehude nicht zu Rivalen gemacht hat. Wieder sieht er zu Händel hin.
Der hat sein Huhn verzehrt, spült den Weißwein hinterher, beißt jetzt noch kräftig in einen Apfel, sieht wieder ins Land hinaus und ist mit den Gedanken bei einer ganz anderen Fahrt durch eine ganz andere Landschaft.
Rund zehn Jahre ist das wohl her, und diese andere Fahrt damals hatte ihn durch seine sächsische Heimat von Weißenfels zurück nach Halle geführt, mit dem Vater neben sich.
Der hatte gerade als Leibchirurgus des Herzogs seine allwöchentliche Visite in der herzoglichen Residenz gemacht, und der Knabe hatte so lange gebettelt, bis ihn der Vater mitgenommen hatte. Vielleicht zehn, nein, noch jünger muss er gewesen sein, als sich ihm ein erstes Mal aller Glanz eines Fürstenhofs geöffnet hatte, und dann war noch der Gottesdienst in der herzoglichen Kapelle gewesen.
Der war vorübergegangen, der Herzog, nach allen Seiten huldvoll nickend, hatte schon dem Ausgang zugestrebt, als noch einmal die Orgel voll aufgebraust war, gefolgt von einem wunderbar notenreichen, kunstvoll geschnörkelten

Spiel, und die Fürstlichkeit war stehen geblieben, hatte den erlauchten Kopf hinauf zur Empore gedreht: „Wer um Himmels willen spielt denn da so überaus köstlich?"
„Wohl mein Bruder, Ihro Gnaden!" Das war Carl gewesen, – der Halbbruder aus des Vaters erster Ehe, nun Medicus am Hof zu Weißenfels.
„Ihr Bruder? Hol Er ihn her!" Und der Herzog hatte noch mehr gestaunt, dass ein Kind vor ihm gestanden hatte. Er hatte ihm den Blondkopf getätschelt, und sich dem Vater zugewandt: „Dass Ihr Euch aber dem Himmelsgeschenk dieses Sohnes würdig zeigt und einen recht anständigen Musikus aus ihm macht, der einmal musikalische Zier meines Hofes werden könnte!"
Ein Kopfnicken. Allgemeine Verbeugung. Der Herzog war davongeschritten, einer Gottheit gleich, die kurz hinter einer Wolke hervorgelugt und huldvoll auf die Erdenkinder dort unten herniedergeblickt hatte. Diese Gottheit hatte also befohlen, dass der Georg Friedrich Händel ein Musikus zu werden hätte.
„Schlag dir das aus dem Kopf, mein Sohn!"
„Aber der Herzog hat es doch gewünscht ..."
„Fürsten wünschen viel. Und ebenso schnell haben sie es vergessen."
Vater und Sohn hatten wieder im Wagen gesessen, der sie zurück nach Halle führte, und der Vater, mit schwarzsamtener Krawatte im tadellos blütenweißen Spitzenkragen, hatte seltsam umwölkt dreingeblickt, als sei ihm eben höchste Ungnade widerfahren.
„Hofmusikus beim Herzog. Was ist das schon? Ein anderer Lakai, der am untersten Ende der fürstlichen Tafel Platz nehmen darf."

„Aber Sie, mein Vater, stehen doch auch im fürstlichen Dienst ..."
„Unter anderem. Und gewisslich beziehe ich nicht daher mein Geld." Der Vater hatte aufgelacht. „Ich war sehr zufrieden, jawohl, als damals anno 1680 unser gnädiger Herr Landesvater seine Residenz von Halle in dieses Weißenfels zu verlegen geruhte, von uns schön weit entfernt. Ich bin nun mal kein Höfling, nur ein ehrlicher Bürger. Das, mein Sohn, solltest du auch sein." Und der Vater war unverhofft eifrig geworden, hatte sich vorgeneigt und den Jungen am Arm gefasst: „Sieh dir deinen Bruder an, den Hofmedicus! Ein aufgeputzter Papagei, der kein eigenes Wort wagt, das nicht der Fürst zuvor gebilligt hat. Du aber ..."
Was war mit ihm?
Der Sohn wartete. Sein Vater schwieg. Erst nach einer Weile setzte er wieder ein: „Du hast es gut, Junge, sehr gut sogar, viel besser als ich in deinem Alter. Du darfst aufs Gymnasium, nicht nur zwei Jahre wie ich damals, als dein Großvater gestorben war, der Kupferschmied. Danach durfte ich glücklich sein, wenigstens ein ganz guter Wundarzt zu werden. Du aber wirst einmal Jura studieren können, wie ich es immer wollte. Danach, ja, steht dir die Welt offen, du kannst Großes, Größtes werden."
Er stockte. Dann, sehr leise: „Ich glaube, ich beneide dich ..."
Nie hatte der Sohn den Vater so reden hören und nur schüchtern zu fragen gewagt: „Ich soll kein Musikus werden?"
„Ein Bierpfeifer?" Der Vater spuckte fast das Wort.
Der Junge kannte Bierpfeifer. Fröhliche Gesellen, oft mit einem dressierten Murmeltier dabei. So zogen sie durchs

Land, spielten in Schenken und auf Jahrmärkten, und sicher ging es in deren Welt lustiger zu als in dem mitten in Halle hingestellten Vaterhaus in der Nikolaistraße am Schlamm. Wenn dort aber zur Weihnachtszeit die kleinen Currende-Singer von Haus zu Haus gewandert waren und die Mutter zu ihm getreten war, ihn fest in den Arm geschlossen, dankbar geseufzt hatte: „Sieh die armen Kinder, wie sie für ihr bisschen Brot singen müssen!“, hatte er nicht verstanden, was die Mama eigentlich meinte.

Der Junge, jawohl, wäre mehr als froh gewesen, zu den Kindern dort draußen zu gehören, möchten sie nun arm sein oder nicht. Nur gar zu gern hätte er mit ihnen für die Leute gesungen, nicht nur in der Lateinschule oder sonntags im Gottesdienst.

Arme Kinder! Er selbst kam sich viel ärmer vor.

Aber das sagte er jetzt dem Vater natürlich nicht und schüttelte nur brav den Kopf, als der Vater seine Frage wiederholte: „Du willst doch kein Bierpfeifer werden?“

„Nein, Herr Vater!“

„Na also!“

Der Vater hatte sich zurückgelehnt und etwas ängstlich um sich geblickt, da im Waldstück, das sie gerade durchquerten, neuerdings eine Bande Wegelagerer hausen sollte.

„Der Fürst hat praktisch befohlen, dass du die Musik studierst“, nahm er wieder das Gespräch auf, „wir werden unserem Fürsten gehorchen. Aber wenn es denn sein muss, wird der Sohn vom Hofchirurgus Händel den besten Lehrer bekommen, den es gibt. Du wirst zum Friedrich Wilhelm Zachow gehen, dem Organisten an der Marktkirche. Das ist ein trefflicher Mann, heißt es

allgemein. Der versteht sich auf Kontrapunkt und Komposition und alles, was du wissen musst."
Der Vater nickte leicht: „Ja, der Zachow soll dich unterrichten. Denn es ist nicht so", fast vertraulich neigte er sich dem Sohn zu, „dass ich Musik nicht leiden könnte. Sie ist etwas Wundervolles. Nur sein Brot sollte man damit nicht verdienen wollen. Und du musst mir eines versprechen, Junge ..."
Erwartungsvoll sah der Sohn den Vater an.
„Versprich mir, dass du auf alle Fälle Jura studierst!"
„Wie?"
In der Kutsche von Lübeck nach Hamburg ist Händel zusammengefahren. Was hat eben Mattheson gesagt?
„Ich fragte Sie, ob Sie Ihren Herrn Vater eigentlich geliebt haben. Oder gehasst."

Paul Barz

Bin ich denn ein Bierpfeifer?

„Keine Geigen? Warum keine Geigen?" Fast hätte Händel mit flacher Hand auf den Tisch geschlagen.
Charles Frederick, Generalmeister der Feuerwerke Seiner Majestät zu Friedens- wie zu Kriegszeiten, zeigt sein glattes Höflingslächeln: „Ausdrückliches Geheiß der Majestät. Er wünscht zu diesem Anlass ausschließlich Militärmusik." Und fast flehend: „Ich bitte Sie, Herr Händel! Pauken, Oboen, Trompeten, meinethalben Geschütze. Nur keinen süßen Geigenklang ..."
Händel fügt sich drein, doch mit bitterem Gefühl. Wer bin ich denn, denkt er, während schon in seinem Inneren eine pompöse Militärmusik aufrauscht, dass ich mir meine Noten vorschreiben lasse? Kaum mehr als ein Bierpfeifer, dem man rasch mal eine Münze zuwirft, damit er eine bestimmte Melodie spielt!
Böse Gedanken. Händel bezwingt sie und schreibt seine „Feuerwerksmusik", die zweite, nachdem er schon eine andere in etwas bescheidenerem Rahmen seiner Oper „Atlanta" mitgegeben hatte. Diesmal langt er voll zu, setzt hundert Musiker ein, noch keine Streicher, doch warte, mein König!, lächelt er grimmig in sich hinein, die wird es auch noch geben. Diese Fassung hier, ohne Geigen, wird ein erstes Mal am 27. April 1749 gespielt.
Ganz London fiebert diesem Tag entgegen, und auch Händel überwindet seinen Missmut. Das Fest des Königs, ja, das wird zugleich sein eigener größter Tag sein und er der vom ganzen Volk umjubelte König der Musik. Hatte nicht allein schon die Generalprobe in den Vauxhall Gardens

zwölftausend Londoner auf die Beine gebracht, sodass die Themse Bridge drei volle Stunden lang hoffnungslos verstopft war?

Nun aber das eigentliche Fest!

Der Aufwand ist gewaltig. Der Green Park zwischen Hyde Park und St. James' Park, noch im Jahrhundert zuvor eine Begräbnisstätte für Leprakranke, später das Jagdrevier König Karls II., verwandelt sich in einen einzigen Zaubergarten, mit Triumphbögen, Götterstatuen, hölzernen Pavillons. Hier also soll das größte, schönste Feuerwerk aller Zeiten ins nächtliche Dunkel sprühen. Und alle Blicke richten sich zum Himmel, wo sich einige dunkle Wolken ballen. Wie wird abends das Wetter sein?

Der Tag ist heiß, der Abend schön. Doch kaum spritzen die ersten Raketen und drehen sich die ersten Feuerräder, als sich in prasselnder Wucht ein Londoner Frühjahrsregen auf die ganze Pracht ergießt. Die Menschen kreischen und flüchten in die Pavillons. Schlimmer: Eine halb gezündete Rakete fällt auf das Holzdach eines dieser Pavillons. Er steht sofort in Flammen. Gerenne, Getrampel, Geschrei. Panik bricht aus. Es soll, wird später berichtet, Verletzte, ja, Tote gegeben haben.

Händel bekommt davon wenig mit. Gleich nach den letzten Akkorden seiner Feuerwerksmusik hat er einem Mietwagen gewinkt und ist wütend davongeprescht.

Welche Ehre, für des Königs Siegesfeier die Musik zu schreiben! Schöne Ehre! Vor lauter schrillbuntem Dekorationspomp und feurig knisterndem Raketenzauber ist seine Musik fast unbeachtet vorübergeplätschert, und selbst der König, mehr damit beschäftigt, die raffinierten Maschinerien zu begutachten, hatte zu spät seinen Sitz

eingenommen, um gerade noch den abschließenden Geschützdonner des Konzerts mitzubekommen. Händel ballt die Fäuste.
In der Zeit seiner Siegesoratorien gleich nach dem Jakobiten-Aufstand war sich Händel im Hochgefühl eines neuen Patriotismus sehr groß und wichtig vorgekommen, ein Nationaldenkmal, zu dem die anderen bewundernd aufblicken. Jetzt aber? Wozu ist seine Musik denn wirklich gut? Nur zu billiger Zerstreuung?
Sie muss, beschließt er, noch anderes leisten können als wohlfeile Unterhaltung.
Noch an diesem Morgen schreibt er einen Brief, und das heimatliche Halle steht ihm vor Augen, mit den Stiftungen von August Hermann Francke, seinen Schulen, Gärten, dem Waisenhaus. Wie hatte er auf diesen Mann und seine Pietisten geschimpft, als sie die Hallenser Theater als unchristliche Stätten geschlossen hatten, und die Mutter sah ihn damals aus erschrockenen Augen an: „Aber, Georg Friedrich, der Herr Francke tut doch so viel Gutes!"
Und, Mutter? Muss man Kunst zerstören, um Gutes zu tun? Kann nicht Kunst selbst Gutes bewirken? Händel läutet nach einem Diener: „Bring das gleich mal hinüber zu den Herren im Foundling Hospital!"
Die Antwort kommt rasch. Die Herren des Direktoriums nehmen es als Ehre, dass Herr Händel zu einem Benefizkonzert zugunsten ihres Instituts bereit ist. Was er denn wohl so zu spielen gedenke?
Ach, seine wunderbare Feuerwerksmusik, diesmal mit Geigen? Dazu das Dettinger Tedeum, das nun „Friedensanthem" heißt? Und Auszüge aus dem „Salomon"? Die Szenen, da der Tempel zu Jerusalem gebaut wird? Sehr

sinnvoll, da der Erlös zur Fertigstellung der sich noch im Bau befindlichen Kapelle des Foundling Hospital dienen soll.
Es war ein zu Wohlstand gekommener Kapitän der Handelsflotte gewesen, Thomas Coram, der um 1720 die Idee eines solchen Findelhauses hatte, wo ausgesetzten, verstoßenen, wie hungrige Hunde durch die Stadt streichenden Kindern ein Heim gegeben werden sollte, und fast zwanzig Jahre hatte es gedauert, bis es endlich so weit war. Vor allem Damen der Gesellschaft, sieben Herzoginnen, acht Gräfinnen, fünf Baroninnen, hatten sich für Londons Waisen erwärmt, und am Ende steuerte der König selbst dreitausend Pfund bei. Um 1742 konnte mit dem Bau in den Lamb's Conduit Fields begonnen werden.
Auch viele Künstler gehören zu den Gönnern, Maler wie Joshua Reynolds oder William Hogarth, und über seinen Freund Hogarth erfährt Händel, dass das Foundling Hospital mal wieder dringend Geld braucht, diesmal für den Ausbau einer Kapelle, damit dort die armen Kinder brave Christen werden.
Händel nickt. Wie hatte doch dieser August Hermann Francke seine Stiftung finanziert?
Francke hatte eigene Unternehmen gegründet, Manufakturen, die berühmte Apotheke. Nun denn, ein Achselzucken. Auch ein Komponist ist Unternehmer, auch dessen Werkstatt eine Manufaktur. Und Händel greift in die Tasten: „Blessed are they that considereth the Poor ..." So soll ein eigens für das Benefiz komponiertes Anthem beginnen: „Gesegnet, wer sich der Armen annimmt ..."
Wer der wohl tausend Zuhörer, die sich am 7. Mai 1749 in der halbfertigen, noch mit Schiebefenstern notdürftig

hergerichteten Kapelle drängen, will nicht gesegnet sein? Sie spenden reichlich, runde fünfhundert Pfund kommen zusammen, der anwesende König legt zweitausend Pfund dazu. Händel wird aber auf Vorschlag des Monarchen hin in das Direktorium aufgenommen und – stiftet gleich noch eine Orgel für die endlich fertige Kapelle.
Am 1. Mai 1750 wird sie vor wiederum brechend vollem Haus eingeweiht, und was dort dann ertönt, ist Händels liebstes Schmerzenskind, sein „Messias". Nur zögernd hatte er zuweilen das Werk auf den Spielplan von Covent Garden gesetzt, schamhaft hinter dem Titel „A new oratory" versteckt. Die Resonanz war allenfalls höflich gewesen. Jetzt aber sieht er sich um, er weiß: Das hier ist der Rahmen, in den der „Messias" passt, und wenn sich am Ende bei den Hallelujahs alles erhebt, dann nicht aus verwirrter Verlegenheit, sondern weil sich das so in einem Gotteshaus gehört.
Hallelujah!
Eine Verfügung ergeht. Alljährlich soll gegen Ende einer jeden Fastenzeit der „Messias" gegeben werden: Ist das nicht doch noch etwas anderes als billiges Vergnügen?
Händel lässt sich nicht nur den Titel eines „governors" am Hospital gefallen. Er kehrt oft und gern in den etwas düsteren zweiflügeligen Bau ein, und wenn er über all die braunen, blonden, dunklen Köpfe der Kleinen hinsieht, denkt er zuweilen: Die alle hier sind meine Kinder. Ich, der ich immer Kinder haben wollte, besitze nun gleich einige Dutzend.
Er hat nie Familie gehabt. Er fand immer nur Ersatz. Bei den Schmidts, in den Häusern guter Freundinnen wie der Cibber oder Mary Delany. Hier aber, umjohlt von den to-

benden, brüllenden Rangen, fühlt er sich beinahe daheim und fast wie ein Vater. Etwas alt vielleicht mit seinen fünfundsechzig. Aber war der eigene Vater so sehr viel jünger gewesen, als er selbst geboren wurde?
Er sieht den Doktor Händel vor sich in seiner steifen Spitzenpracht, er nickt ihm zu: Nun? Ist dein Sohn, Hofcomposer, Governor am Findling House, Doktor in Oxford, wenn er nur gewollt hätte, nicht doch noch etwas mehr als ein Bierpfeifer geworden? Musst du dich für ihn schämen?
In diesen Jahren drängt sich ihm häufiger die Vergangenheit mit all ihren Bildern auf. Er denkt an die Zeit in Hamburg zurück, die Jahre in Italien, an dann Aufbruch nach London. Und dann steht diese Vergangenheit gleichsam in Person vor ihm.
Es ist nach der zweiten „Messias"-Vorstellung im Foundling Hospital – wieder waren über tausend Zuhörer gekommen, die Damen wie in Irland im schlichten Kleid ohne Reifrock, die Herren ohne Degen, um mehr Platz für Zuhörer zu schaffen –, als sich Händel beim Verlassen der Kapelle am Ärmel gezupft fühlt. Ein altes Weib wartet dort, im vielfach geflickten Kattungewand.
Eine Bettlerin!, denkt Händel und wendet sich zu Schmidt um. Ob der wohl ein paar Kupferstücke für die jämmerliche Vettel hat? „Erkennen Sie mich denn nicht?", krächzt die Alte, und plötzlich weiß Händel, wer vor ihm steht. Francesca Cuzzoni! Die Teufelin mit den tausend Nachtigallen im Bauch.
Keine Teufelin mehr! Nichts mehr von Nachtigallen! Händel hat schon gehört, dass sie nach London zurückgekehrt sein soll. Aber dass die launischste, schwierigste all seiner Primadonnen einmal so alt und ausgedient sein würde,

hatte er denn doch nicht vermutet. Da weicht alle Wut von damals einem tiefen Mitgefühl.
Er wird sie nicht im „Messias“ einsetzen, wie sie wohl gehofft hat. Nein, das kann er seinem Lieblingswerk nicht antun. Jedoch ermöglicht er ihr ein Benefizkonzert, bei dem sie sich in der Fantasie einiger Dutzend angelockter Alt-Verehrer noch einmal in die strahlende Bühnenerscheinung ihrer großen Jahre verwandelt und betörend wie damals jene Arie aus dem „Ottone“ zu singen scheint, derentwegen sie Händel am liebsten aus dem Fenster geworfen hätte: „Falsa imagine – o falsches Bild!“ Danach entschwindet sie wieder in italienische Fernen und wird in Bologna als Arbeiterin in einer Knopffabrik enden.
In Händel hat aber die Begegnung mit diesem Schatten seiner Vergangenheit tiefe Nachdenklichkeit ausgelöst. Es wird wohl für ihn selber Zeit, sein Haus zu bestellen.
Am 1. Juni 1750 setzt er seinen Namen unter ein gewichtiges Dokument. Das hier ist sein Testament, mit dem er sich größte Mühe gegeben hat, mehr als mit mancher Partitur. Danach wird Haupterbin Nichte Johanna Friederike in Halle sein, das Patenkind. Doch gibt es dort noch andere Verwandte, die Vettern Christian Gottlieb und Christian August und in Giebichenstein, der Heimat der Mutter, eine Kusine, wohl Witwe mit sechs Kindern. Niemand soll drüben in Deutschland übergangen werden.
Wie fern doch dieses Deutschland ist! Und wie nah es ihm wieder rückt, während er seine Verfügungen trifft! Sachsen, der Fürstenhof zu Weißenfels, Halle selbst mit seinem Geburtshaus am Marktplatz, dem Dom, wo er das erste Mal an der Orgel saß ...

Ich muss einmal noch in die Heimat, entscheidet er, nach Halle, vielleicht auch nach Hamburg, wo er Freund Telemann wiedersehen könnte, vielleicht, warum nicht?, Freund Mattheson. Und von Halle aus könnte es zu einem Abstecher nach Leipzig hinübergehen.
Dorthin, wo dieser alte Bach haust, der ihm so unbedingt einmal begegnen wollte. Warum dem Alten die Freude nicht machen?

Paul Barz

Lied im Schnee

Nachts fiel ein Schnee auf die alternde Welt
und machte sie schimmernd und neu.
Oh, wie freu ich mich an dem Schnee, der fällt
auf die nagelneue, die glitzernde Welt,
und der Park blüht so weiß wie im Mai.

Jetzt sollte man eigentlich sieben sein
mit den tanzenden Flocken im Haar
und den Kinderaugen wie Schnee so rein
und so frisch wie das kommende Jahr.
– Verschollen das Lied und der Ringelreihn,
zerstoben die Kinderschar.

Zerronnen ist der Wintertraum,
versunken ist der Märchenbaum.
Den Zauberspruch hab ich vergessen.
Rotkäppchen ward vom Wolf gefressen.
– Nur ich allein am Fenster steh
und starre in den Winterschnee.

Mascha Kaléko

Winternacht

Es war einmal eine Glocke,
die machte baum, baum ...
Und es war einmal eine Flocke,
die fiel dazu wie im Traum ...

Die fiel dazu wie im Traum ...
Die sank so leis hernieder,
wie ein Stück Engleingefieder
aus dem silbernen Sternenraum.

Es war einmal eine Glocke,
die machte baum, baum ...
Und dazu fiel eine Flocke,
so leis als wie ein Traum ...

So leis als wie ein Traum ...
Und als vieltausend gefallen leis,
da war die ganze Erde weiß,
als wie von Engleinflaum.

Da war die ganze Erde weiß,
als wie von Engleinflaum.

Christian Morgenstern

Formeln des Winters

I
Ich schlief in meinem Bett ein
und erwachte unter dem Kiel.

Es ist morgens vier Uhr
wenn die sauber geschabten Knochen des Daseins
kalt miteinander umgehn.

Ich schlief unter den Schwalben ein
und erwachte unter den Adlern.

II
Im Laternenschein glänzt das Eis
auf dem Weg wie Talg.

Nicht Afrika
nicht Europa
nichts anderes als „hier“.

Und das, was „ich“ war,
ist nur ein Wort
im Mund des Dezemberdunkels.

III
Die niedrigen Bauten der Anstalt
sind im Dunkel ausgestellt
wie gleißende Fernsehschirme.

Eine versteckte Stimmgabel hier
in der großen Kälte
sendet ihren Ton aus.

Ich stehe unterm Sternenhimmel
und fühle in meinem Rock
die Welt ein- und auskriechen
wie in einem Ameisenhaufen.

IV
Drei schwarze Eichen aus dem Schnee.
Grob aber fingerfertig.
Aus ihren gewaltigen Flaschen
wird das Grün in den Frühling schäumen.

V
Der Bus kriecht durch den Winterabend.
Leuchtend wie ein Schiff im Nadelwald
durch den die Straße wie ein enger tiefer toter Kanal geht.

Wenige Passagiere führt er, einige alt, einige sehr jung.
Wenn er jetzt anhielte und die Scheinwerfer löschte
würde die Welt verschwinden.

Tomas Tranströmer

Leise rieselt der Schnee

Leise rieselt der Schnee,
still und starr ruht der See,
weihnachtlich glänzet der Wald,
freue dich, Christkind kommt bald!

In den Herzen ist's warm,
still schweigt Kummer und Harm,
Sorge des Lebens verhallt,
freue dich, Christkind kommt bald!

Bald ist heilige Nacht,
Chor der Engel erwacht,
hört nur, wie lieblich es schallt,
freue dich, Christkind kommt bald!

Eduard Ebel

Der Schnee – ein Weihnachtsgruß

So überschrieb Eduard Ebel (1839–1905) das bekannte Vorweihnachtslied „Leise rieselt der Schnee". Es machte ihn als Dichterpfarrer und Komponist bekannt. Man kann sich schon denken, diese Art von Stimmungsliedern war typisch für das 19. Jahrhundert. Mit einfachen Worten schildert Pfarrer Ebel den Schneefall in einer windstillen Nacht. So ruhig und idyllisch wie in diesem Lied ist die Vorweihnachtszeit schon lange nicht mehr. Viele werden sagen: Das Lied zaubert eine Fantasielandschaft. Es spricht das Gemüt an. Die kurzen Silben jeder Strophe klingen in einem langen, ruhigen Ton aus. Der Aufbau des Liedes, die Wortwahl und das Bildhafte lassen einen Vergleich mit dem Lied „Der Mond ist aufgegangen" von Matthias Claudius zu. Es entbehrt zwar des Tiefgangs des Claudius-Liedes, aber nicht der Genialität des Textes und der dazu passenden Melodie.

Weihnachten assoziieren viele Ältere mit einer harmonischen Familienstille. Zu den Festtagen wurde die gute Stube aufgeschlossen, hergerichtet und geheizt. Man fühlte sich wohlig im Kreis der Familie. Durch das Fenster waren die tanzenden Schneeflocken zu sehen. Weihnachten war ein „Ausnahmezustand". Nur das Notwendigste wurde getan. Drinnen war es anheimelnd warm. Die Kinder spielten mit ihren Geschenken oder lasen in einem Buch. Mit dem Backen von Plätzchen, Spekulatius, Spritzgebackenem und anderem hatten sich die Festtage angekündigt. Der Kuchen stand schon bereit. Der Tisch war festlich gedeckt, die Mahlzeit gerichtet. Kein Arbeits-, Maschinen- oder sonstiger Lärm. Der Schnee auf den Straßen, Alleen und Plätzen blieb fast unberührt. Die Frohe Botschaft und der Segen der Christmette wirkten nach. Eine Welt, als gäbe es bereits den Frieden auf Erden! Und dazu:

Leise rieselt der Schnee,
still und starr ruht der See;
weihnachtlich glänzet der Wald. (Strophe 1)

Eduard Ebel wird als Kind gegen die vereiste Scheibe gehaucht haben, bis er durch ein Loch nach draußen schauen konnte. Er wird sich die Nase an der Fensterscheibe – damals noch Einfachverglasung – plattgedrückt haben, wenn es schneite. In der Vorweihnachtszeit wird er das Abendrot bestaunt und geträumt haben, die Engel backen Plätzchen. Mit den Kindern erinnerten sich die Erwachsenen an ihre eigene Kindheit. Der Blick nach draußen lockte, wo das möglich war, zu einem Gang durch den verschneiten Wald. Man atmete tief und befreiend. Märchenhaft die von der Schneelast gebogenen Büsche und Äste! Auch Ebel empfand die Waldesstille befreiend:

Sorge des Lebens verhallt:
Freue dich, Christkind kommt bald! (Strophe 2)

Erinnern Sie sich an Schneelandschaften Ihrer Kindheit oder an Winterferien in den Bergen? Wie lange bleiben uns diese Bilder, trotz eindrucksvoller Klimakonferenzen, erhalten: Aus den Wolken schweben Flocken hernieder, wie zu einem Tanz. Sie könnten, von heftigem Sturm getrieben, das Atmen erschweren, könnten Unheil anrichten. Dieses Lied kennt sie als sanft fallende Kristalle. Kein Blitzen, Donnern und kein Heulen des Windes. Eine barmherzige weiße Decke breitet sich über den Staub der Erde. Sie deckt Unaufgeräumtes und manchen Unrat gnädig zu. Ein Stimmungsbild.

„Leise rieselt der Schnee" ist ein Volks-, kein Verkündigungs- oder Glaubenslied. Aber die Weihe der „heiligen Nacht" (Strophe 3) grenzt auch dieses Lied aus dem Alltäglichen aus. Im Krieg fielen vielerorts keine Bomben. An manchen Frontabschnitten kam es zu keinem Artillerieduell. In den Erdbunkern konnten die Soldaten feiern. Christgläubige gab es ja auf beiden Seiten. Im I. Weltkrieg sollen an einem Abschnitt im Westen Freund und Feind in den Erdbunkern gemeinsam gefeiert und gesungen haben. Die Truppen beider Seiten mussten hinterher ausgetauscht werden. Sie wollten nicht mehr kämpfen, der Krieg wäre zum Stillstand gekommen. Welch eine verpasste Gelegenheit!

In den Herzen wirds warm,
still schweigt Kummer und Harm. (Strophe 2)

Die Weihnacht erinnert: Christus ist unser Friede (Eph 2,14), unser „Fürst des Friedens" (Jes 9,5). Die Heilige Nacht ist eine von Gott aus den Turbulenzen ausgeklammerte Stille. Frieden entsteht durch uneigennützige Liebe: „Gott hat die Welt so sehr geliebt, dass er seinen einzigen Sohn hingab, damit jeder, der an ihn glaubt, nicht zugrunde geht, sondern das ewige Leben hat“ (Joh 3,16). Empfangene Vergebung weiterreichen löst eine Kettenreaktion von „Frieden auf Erden“ (Lk 2,14) aus. Im „hell glänzendem Strahl“ hatten die Engel den Hirten Christi Geburt verkündet (Lk 2,14). „Christkind“ (Strophe 1) ist eine Kurzform für Christuskind: Wer sich seinem Kommen öffnet, spürt den Frieden in seinem Herzen, öffnet die Faust zur versöhnenden Hand, lässt seine Waffen ruhen.

In der Freude darüber, dass Gott zu uns kam, wird die Weihnacht zu einer „geweihten Nacht“. Der „Chor der Engel erwacht“. Er verkündet Gottes Liebe. Die Weihnachtsfreude, von den Eltern durch ihre Mühe und Arbeit weitergereicht, die Weihnachtsbotschaft, von den Eltern oder Großeltern erzählt und bezeugt, wird zum bleibenden Besitz. Wer sich im Dienst der Verkündigung Zugang zu den Kindern und Enkeln verschafft, der erlebt selber neu: Der Chor der Engel erwacht.

Friedrich Haarhaus

Schneeflöckchen, Weißröckchen

Schneeflöckchen, Weißröckchen,
jetzt kommst du geschneit;
du wohnst in den Wolken,
dein Weg ist so weit.

Komm, setz dich ans Fenster,
du lieblicher Stern:
malst Blumen und Blätter,
wir haben dich gern.

Schneeflöckchen, du deckst uns
die Blümelein zu,
dann schlafen sie sicher
in himmlischer Ruh.

Schneeflöckchen, Weißröckchen,
komm zu uns ins Tal,
dann baun wir den Schneemann
und werfen den Ball.

Volkstümlich

Kein Schrecken vor dem Winter!

„Tante Hedwig“ – mit „Tante“ wurden früher die Kindergärtnerinnen angeredet. Die Dichterin dieses Liedes, Frau Hedwig Haberkern, war erst Kindergärtnerin, dann Lehrerin in Breslau – gibt in diesem Lied zu erkennen: Der Schnee schützt alles Gewachsene:

Schneeflöckchen, vom Himmel
da kommst du geschneit,
du warst in der Wolke,
dein Weg ist gar weit.
Ach setz dich ans Fenster,
du niedlicher Stern,
gibst Blätter und Blumen,
wir haben dich gern!

Schneeflöckchen, ach decke
die Saaten geschwind.
Sie frieren, du wärmst sie,
so bittet das Kind.
Schneeflöckchen, Weißröckchen
so kommet doch all',
dann wird bald ein Schneemann,
dann werf' ich den Ball.

Frau Haberkern veröffentlichte diesen Text 1869 in ihrer „Geschichte von der Schneewolke“. Als Schlesierin nannte sie die Schneewolke „Weißröckchen“. Mit diesem Kosenamen verliert der Winter seinen Schrecken. Schneemassen und vom Frost geglättete Straßen machen den Menschen im Berufsverkehr zu schaffen. Früher war der Winter für alle eine harte Jahreszeit. Man musste vorbereitet sein und verabschiedete ihn ohne Trauer:

Winter ade! Scheiden tut weh.
Aber dein Scheiden macht,
dass mir das Herze lacht.
Hoffmann von Fallersleben, 1835

Von dem Schrecken des Winters ist in diesem Lied nichts zu spüren. Der Schneemann schwingt keineswegs drohend den Reisigbesen. In Franz Schuberts „Winterreise“ aus dem Jahr 1827 wirkt die Natur fast schon zu Tode erstarrt. Die Pflanzen schlafen nicht, um im Frühjahr wieder aufzuwachen, sie scheinen leblos zu sein. Auch in Bildern von Caspar David Friedrich legt sich der Schnee wie ein Leichentuch, nicht wie eine wärmende Decke auf die Landschaft. Ab Mitte des 19. Jahrhunderts wird der Schneemann meist kugelrund dargestellt, hat einen alten Hut auf, schaut aus Kohleaugen die Menschen freundlich an, seine spitze Nase ist eine Möhre, sein Mund scheint wohlwollend zu lächeln.

Die Schneeflocken entwickeln einen kinderfreundlichen Zauber. Sie malen an die Fensterscheiben Blumen und allerlei Fantasiegestalten. Eine märchenhafte Landschaft lockt die Kinder zum Schlitten-, Ski- und Bobfahren, zu Schneeballschlachten und Schneemannbauen aus dem Haus. In dem Lied heißt es noch: „Die Blümelein, sie schlafen in himmlischer Ruh." Der Winter schießt sich mit dem Schnee sozusagen ein Selbsttor. Unter der Schneehülle wartet bereits neues Leben. Der Frühling wird das schützende Tuch wegziehen. Der Schnee hat seine Schutzfunktion erfüllt. War es ein Überlebenskampf, dann hat der Winter verloren. Der Frühling lässt neues Leben sprossen.

Die Pädagogin Hedwig Haberkern weiß, auch das Grimm-Märchen von „Frau Holle" erzählt aus weit zurückliegenden Tagen von der lebensnotwendigen Funktion des Schnees: Die Goldmarie schüttelte die Betten tüchtig am Fenster zur Erde aus. Das war ein gutes Werk. Es sorgte für viel Schnee, der die Saat und die Natur schützt. Die Goldmarie wurde für treue Dienste reich belohnt. Die Pechmarie dagegen war an ihrem Pech selber schuld. Schon auf dem Weg zur Frau Holle wollte sie nirgendwo helfend zur Hand gehen. Bei Frau Holle angekommen, war sie so bequem, dass die Flocken nicht flogen und die Natur nicht geschützt werden konnte. Es gab keinen schützenden Mantel des Schnees.

Frau Haberkern übernahm für ihren Text die Melodie von dem Lied „Wir Kinder, wir schmecken der Freuden so viel" von Pfarrer Christian Adolph Overbeck. Dieser Text wurde später von Mozart vertont. Frau Haberkerns Text könnte im übertragenen Sinn der Text zu einem Auferstehungslied sein. Er wurde einige Male vertont. Aber keiner der vorher dazu geschriebenen Melodien haben sich erhalten.

Nach 1945 fanden Text und Melodie in der heutigen Fassung zueinander.

Das Lied verbreitet eine ähnliche Stimmung wie Eichendorffs Gedicht „Markt und Straßen stehn verlassen“. Eichendorff liebte die Waldeinsamkeit seiner oberschlesischen Heimat. Doch der Familienbesitz, Schloss Lubowitz bei Ratibor, ging verloren. Eichendorff diente als preußischer Beamter in Breslau, Danzig, Königsberg, Berlin. Seiner Waldheimat träumte er zeitlebens nach. Der geschäftige Lärm und die Hektik der grauen Städte blieben dem Romantiker fremd. Am Heiligabend durch den Wald zu streifen oder durch die leeren Straßen und Gassen an den festlich erleuchteten Fenstern vorbeizugehen, spricht das Gemüt an. Während man geht, über das Schicksal der Menschen und über sein eigenes Schicksal nachzudenken und die Gnade der geweihten Nacht zu empfinden, vermittelt ein Gefühl der Geborgenheit. Gott wohnt nicht in den Wolken. Aber sein Weg zu uns Menschen war für ihn nicht zu weit. Er will uns allezeit nah sein. Seine Liebe baut Brücken zu jedem.

Friedrich Haarhaus

Ein Winterabend

Wenn der Schnee ans Fenster fällt,
lang die Abendglocke läutet,
vielen ist der Tisch bereitet
und das Haus ist wohlbestellt.

Mancher auf der Wanderschaft
kommt ans Tor auf dunklen Pfaden.
Golden blüht der Baum der Gnaden
aus der Erde kühlem Saft.

Wanderer tritt still herein;
Schmerz versteinerte die Schwelle.
Da erglänzt in reiner Helle
auf dem Tische Brot und Wein.

Georg Trakl

Jauchzet und frohlocket

Das Weihnachtsoratorium

Das Münster ist besetzt bis auf den letzten Platz, schwaches Abendlicht dringt durch die Fenster der Hochwand und wirft matte Schimmer über den rötlichen Sandstein. Im unüberschaubaren Meer von Köpfen hält Ruedi von der Chortribüne hinunter Ausschau nach Annette, vergeblich, er kann seine Tochter nirgends erspähen. Er ist gespannt, Annette will ihnen heute Abend ihren neuen Freund vorstellen, nach dem Konzert trifft man sich zum Essen. Aber zunächst ist Musik angesagt: Zum vierten Adventssonntag werden die ersten drei Teile von Bachs Weihnachtsoratorium geboten.
Das Licht in den Kirchenschiffen verlöscht, und gleichzeitig hören die Musiker auf ein Zeichen der Konzertmeisterin hin damit auf, ihre Instrumente zu stimmen. Der Chor erhebt sich. Ruedi rückt seine Lesebrille zurecht und erwidert das Lächeln seiner Frau Doris, die ihm aus den Sopranreihen erwartungsvoll zunickt. Applaus setzt ein, die Solisten samt Dirigent treten auf und nehmen ihre Plätze ein. Gebannte Stille füllt nun den Raum, verdichtet in der völlig reglosen Gestalt des Dirigenten mit ausgespannten Armen. Endlich die erlösenden Paukenschläge, der Bläsereinsatz, wellenförmig schwellen die Streicher an, der Chor folgt. Gemeinsam versetzen sie das Münster in einen Klangrausch mit ***Jauchzet, frohlocket!***
Nach dem stürmischen Auftakt darf der Chor sich setzen. Alle Köpfe wenden sich nun zur Kanzel hin, wo der Evangelist mit samtweicher Stimme sein erstes Rezitativ beginnt. Ruedi lächelt und ist erstaunt, wie schön dieser

gesungene Bibeltext wirkt. Die Pfarrer sollten mehr singen dort oben, denkt er, ihre Botschaft käme viel attraktiver daher.

Bereite dich, Zion, mit zärtlichen Trieben, fordert die Altistin wenig später mit warmer Stimmgebung auf. Fast hätte diese sinnliche Einladung Ruedi davongetragen, wäre sein Blick in diesem Moment nicht auf Erich gefallen, der im Tenor drüben sitzt. ***Zärtliche Triebe*** ... Genau solche Triebe hätten ihn damals angestiftet, als sie beide noch im selben Betrieb arbeiteten und aufflog, dass Erich, der Buchhalter, fünfundzwanzigtausend Franken aus der Firmenkasse abgezweigt hatte. ***Aus zärtlichen Trieben*** eben, für seine Frau, die schwer an Rheuma litt, und der Erich damit Aufenthalte im günstigen Klima von Gran Canaria ermöglichte. Liebe hin oder her, denkt Ruedi, gestohlen bleibt gestohlen. Aber der hat seine Strafe dafür gekriegt. Und eigentlich ist er ein armer Kerl seither. Er weiß, dass Erich nie mehr richtig Tritt gefasst hat in der Arbeitswelt. Er jobbt bei einer Sozialfirma, die der ehemalige Münsterpfarrer gründen half. Dieser singt schon lange im Chor mit. Er war es auch, der Erich angeschleppt hat, erinnert sich Ruedi.

Der Choral ***Wie soll ich dich empfangen*** unterbricht Ruedis missmutige Gedanken. Hinterher ist er milder gestimmt. Was kümmert ihn denn dieser Erich noch, wenn er doch heute Hannes kennenlernt, von dem Annette in den höchsten Tönen schwärmt. Es ist ihr ernst, das spürt er als Vater deutlich. Sie hat sich lange Zeit bedeckt gehalten, verweigerte sich mindestens ein halbes Jahr lang der elterlichen Neugierde. Aber demnächst lüftet sie das Geheimnis, dürfen sie den Supermann endlich kennenlernen. Ja, ***wie soll ich dich empfangen***, Hannes, der du auf dem bes-

ten Weg zum Schwiegersohn bist. Nicht so einfach, dir meine einzige, unvergleichliche Tochter zu überlassen!
Die Bass-Arie holt Ruedi in die Gegenwart zurück, ***der höchste König muss in harten Krippen schlafen***. Auch Gott hatte es noch nie leicht mit seiner Welt, geht Ruedi durch den Kopf, vielleicht hat er Johann Sebastian Bach deshalb zu solch wundervoller Musik inspiriert, um sich selbst damit zu trösten.
Vor dem dritten Teil des Oratoriums ist eine längere Pause eingeplant. Der Chor tritt ab, auch das Publikum regt sich. Doris schenkt Ruedi im geschützten Chorraum hinter der Bühne aus der Thermosflasche Ingwertee in einen Becher. „Hast du Annette und ihren Liebsten schon zu Gesicht bekommen?" Ruedi verneint.
Doris kehrt zu ihren Sopran-Kolleginnen zurück, während er im Chorgestühl Platz nimmt. Noch hallt das und ***den Menschen ein Wohlgefallen*** in Ruedi nach. ***Wohlgefallen*** an den Menschen, nein, nichts, womit er gesegnet wäre. Er ist toleranter geworden mit den Jahren, das schon, aber deswegen kann er noch längst nicht jeden einfach so annehmen, wie er ist. Seine Wertvorstellungen sind noch immer hoch, unerreichbar hoch, würde seine Frau einwenden. Aber der Mensch braucht doch einen Ansporn, um sich zu verbessern.
Hat er, Ruedi, eigentlich ***ein Wohlgefallen*** an sich selbst? Ruedi stöhnt und fühlt sich ertappt von seinem inneren Kritiker. Ach, immer wieder stolpert er darüber: Da setzt er Menschen wie diesen Erich herab, bloß weil er immer noch nicht begreifen will, dass die Erde kein Paradies ist, dass Dunkles und Helles vermischt sind, auch in ihm selbst ... gerade in ihm selbst.

Ruedi schlürft den Tee. Auf der anderen Chorseite sieht er Erich in einem Männerkreis stehen. Sie unterhalten sich angeregt. Die verteilen ihr *Wohlgefallen* deutlich lockerer als er, stellt Ruedi mit leisem Verdruss fest.
Herrscher des Himmels, erhöre das Lallen, in den dritten Teil des Weihnachtsoratoriums steigen die Tenöre solistisch ein, die Bassstimmen müssen sich noch etwas gedulden. Ruedi spürt die Energie, mit der ihn diese Musik erneut durchströmt. *Lass dir die matten Gesänge gefallen*, ja, er will jetzt einfach nur noch singen, alles Grübeln lassen, und nichts als Teil dieses großen Klangkörpers sein. Kraftvoll stimmt er in den Aufruf ein: *Lasset uns nun gehen gen Bethlehem*. Als später die beiden Oboen d'Amore einsetzen und die Sopranistin und der Bass sich in Ruedis Lieblingsduett musikalisch umschmeicheln, wird ihm ganz warm: *Herr, dein Mitleid, dein Erbarmen tröstet uns und macht uns frei*. Auch und vor allem frei von mir selbst, denkt Ruedi, damit ich mir nicht länger selbst im Weg stehe.
Derart weihnachtlich eingestimmt geht Ruedi nach dem Konzert auf Annette zu, die im Gewühl beim Seitenausgang bereits von ihrer Mutter ans Herz gedrückt wird. Die Tochter schlingt die Arme um den Hals ihres Vaters. „Ihr habt euch mächtig ins Zeug gelegt“, sagt sie nahe an seinem Ohr, „es war einfach wunderbar!“ – „Und, wo steckt jetzt deine Wundertüte?“, fragt Ruedi seine Tochter, er kann weder seine Ungeduld noch seinen Gefühlsaufruhr verbergen. „Das ist Hannes“, stellt Annette den jungen Mann vor, den sie am Ärmel heranzieht. Ruedis kritischer Blick trifft auf zwei klare, ruhige Augen, die ihm freundlich standhalten. „Ich bin der Ruedi.“ Er streckt Annettes

Freund die Hand entgegen und weiß sofort, dass auch ihm dieser Mann gefällt.

„Annette und ich haben uns gedacht, es wäre schön, wenn heute Abend auch mein Vater mitkommen könnte. Meine Mutter wäre sicher auch gern dabei gewesen, sie verstarb leider vor vier Jahren." – „Schade", nickt Ruedi, „aber schön, dass wenigstens dein Vater da ist." Hannes tritt zur Seite. Das Lächeln des Älteren erstarrt einen Sekundenbruchteil lang, ein Abgrund scheint sich zu öffnen, aber anstatt ihn zu verschlingen, steigt eine Klangwolke aus ihm auf: ***Herr, dein Mitleid, dein Erbarmen tröstet uns und macht uns frei*** ... Ruedi atmet durch, dann umarmt er den hageren Mann vor ihm und klopft ihm auf die Schulter: „Du, Erich? Na, so was. Sei uns willkommen!"

Marianne Vogel Kopp

Dezember

Im Dezember sagt meine Frau immer,
Guck doch mal nach, ob es nicht irgendwo ein Weihnachtskonzert, ein Weihnachtsoratorium, eine Weihnachtskantate oder wenigstens ein Adventssingen oder ein Adventsspiel gibt, wegen der Stimmung.
„Wegen der Stimmung?“
Ja, sagt sie, wegen der Stimmung. Ich hab so eine Vorweihnachtsstimmung. Die hatte ich immer schon, schon in der Kindheit. Guck doch mal in die Zeitung. Wenn es geht, in einer kleinen Kirche.
„Also, was nun“, frage ich zurück, „in der Zeitung oder in einer kleinen Kirche? Wo soll ich nachgucken?“
Mach jetzt keinen Blödsinn, sagt meine Frau. Das kannst du das ganze Jahr machen, aber nicht im Dezember, wenn ich ein bisschen vom Advent spüren möchte.
„Ich habe einmal“, sage ich, „ich habe einmal den Nikolaus gespielt, und die Kinder haben mich gleich erkannt.“
Du musst dich ja nicht verkleiden, sagt meine Frau. Ich will doch nur ein bisschen von den alten Weihnachtsliedern vorweg hören, vierhändig oder gesungen. Dazu ein paar Kerzen.
„Ja“, sage ich, „und über dem Ofen werden dann Apfelsinenschalen zerbröckelt. Das gibt dann diesen schönen Duft, und Tannenzweige geröstet.“
Ja, sagt meine Frau, Tannenzweige.
„Vierhändig“, sage ich.
Blödmann, sagt meine Frau. Mein Vater machte das immer mit den Tannenzweigen.

„Also gut", sage ich, „ich guck mal in die Zeitung."
So, Leser und Leserin,
fängt bei uns der Dezember an,
für mich der silberne Monat.
Ja, ich weiß, Sie haben sich längst vom silbernen Lametta abgewandt. Bei Ihnen herrscht wahrscheinlich Rotgrün, grüner Baum, rote Kerzen, Spielzeug aus dem Riesengebirge, Äpfel und Nüsse, auch sehr schön. Oder alles in einer Farbe, wie ist es mit Türkis? Komisch, ich bin ein so altmodischer Hund, dass ich an mich selbst nicht mehr glaube.
Aber es hängt die Kindheit tief in meinem Innern, ob es nun Gemüt oder Seele heißt, gleichviel, ich bügele immer noch das silberne Lametta schön glatt, bevor ich's über einem Ast abwerfe. Und ein Baum ohne Spitze, ohne Glöckchen, ohne Trompete und ohne Stern ist für mich kein Baum.
Engelhaar muss nicht unbedingt sein, das sieht immer so nach Zuckerwatte von der Kirmes aus.
Tante Liese, meine Lieblingstante,
die vor Jahren abends vor dem Schlafengehen
immer meine verkehrten Füße mit Franzbranntwein einrieb
und sich große Sorgen um mich machte,
hat am 8. Dezember Geburtstag.
Sie guckt ganz sicher vom Himmel aus zu, um zu wissen, was ich so im Dezember mache. Und ich gucke also in die Zeitung, ob ich nicht einen Hinweis auf ein Weihnachtskonzert, ein Weihnachtsoratorium, eine Weihnachtskantate oder wenigstens ein Adventssingen
oder ein Adventsspiel finde, wo wir hingehen können, meine Frau und ich.

In eine kleine Kirche natürlich, mit viel Schnee drum rum, wie meine Frau sich das mal wieder vorstellt.
Wehe, ich finde nichts.
Der Dezember ist der silberne Monat.
Das ist für mich gar keine Frage und ich habe nichts gegen ihn, auch weil er der letzte Monat ist, weil er müde vom Jahr ist, der arme Kerl.
Und dann jetzt noch dieser Aufruhr und diese Hetze. Jeder Tag ist ein Einkaufstag:
Nachher ist nichts mehr da.
Ich finde mich in den Geschäftsstraßen nicht mehr zurecht. Alles rennt und flüchtet sich wieder nach Hause.
Weihnachten kommt näher und näher, macht Angst, macht Freude. Der Dezember macht einen so unsicher.
Macht man alles richtig? Findet man das passende Geschenk?
Die Kinder sind krank vor Aufregung oder täusche ich mich mal wieder?
Silvester kommt ja auch noch. Wollen wir diesmal Kaviar kaufen?
Also erst mal Weihnachten.
Hauptsache, wir sind gesund, wir leben, wir leben alle noch im Dezember.
Haben wir nicht im vergangenen Dezember gesagt:
Hoffentlich sind wir im nächsten Jahr um diese Zeit alle noch gesund, alle noch da!
Und vielleicht schaffen wir es doch noch, die kleinen Streitigkeiten aus der Welt zu schaffen. Oh Herr, lass Heiligabend werden, denkt die Hausfrau und bricht fast zusammen, Jesus Christus hilft ihr wieder auf, und dann gibt es

Kartoffelsalat, Knackwürstchen
und schwarzen Tee, nicht nur wegen der Einfachheit, sondern, weil das bei uns schon lange immer so war und ist.
An diesem 24. Dezember auch wieder.
Der Dezember ist ein wichtiger Monat.
Er macht uns in wenigen Augenblicken klar, dass wir freundlich zu allen Kreaturen sein sollen, eingedenk, dass auch uns mal ein Jahresende bevorsteht.
Aber doch jetzt noch nicht, nein, nein, in diesem silbernen Dezember, nein,
ich sage ja immer, ruhig bleiben und fröhlich sein.
Also dann, Leser und Leserin, danke und Glück auf.
Und, auch wenn Sie allein sind, Tach zusammen!

Hanns Dieter Hüsch

Weihnacht

Im Dunkeln tönt noch letztes Schellenklingen,
das bald der müde Abendwind verweht,
nun kommt die Nacht mit ihren weichen Schwingen
vom Himmel, der in tausend Sternen steht.

Die Andacht weitet ihre stillen Kreise
und spricht in jedem zagen Kinderherz,
Gebet und Dank vollenden ihre fromme Reise
und ziehn wie Opferflammen himmelwärts.

Und übervolle Menschenherzen reichen
sich stumm die Hand im Bann der tiefen Macht
der wundersel'gen und erfüllungsreichen
den Kinderseelen heil'gen Gnadennacht.

Stefan Zweig

Ein Glockenschlag

Was zog ich alles in dieser Heiligen Christnacht hervor aus dem Versteck, über welchem du deine Bücherhaufen aufgeschichtet hattest! Armer Oheim! Verstaubt zerfallend Kinderspielzeug der verschiedensten Art – Puppen, kleine hölzerne Töpfchen und Schälchen, ein zerbrochenes Stühlchen und zuletzt einen dürren Weihnachtsbaum, an dessen Zweigen hier und da noch etwas Goldschaum haftete, auf dessen Spitze noch ein zerknitterter Stern von Silberpapier befestigt war. Mit übereinandergeschlagenen Armen stand ich inmitten dieser totalen Freuden; der Rabe krächzte, die Lampe hatte allmählich ihr Öl verzehrt und war dem Verlöschen nahe ... ein Glockenschlag erweckte mich aus meinem stundenlangen Brüten – die Weihnachtsglocken von Finkenrode! Die Weihnachtsglocken meiner Kindheitszeit!
Ich fuhr mit der Hand über die Stirn und lauschte; unwiderstehlich zog es mich hinaus in die Heilige Nacht. Ich hatte den Mantel übergeworfen; ich fand mich in der Straße, ohne zu wissen, wie. Alles still und dunkel! Kein Stern am Himmel – kein Lichtlein auf Erden! Glockenklang, Glockenklang der Heimat! Ich schritt langsam durch die schweigenden, schneebedeckten Straßen, das Erwachen der Stadt erwartend. – Dort flammt ein Licht auf, dort wieder eins. Sie bewegen sich in den Häusern hin und her durch die Gemächer. Sieh da! Sieh da, ein Weihnachtsbaum im vollen Glanz! Haustüren öffnen sich hier und da, eine Gestalt, in einen Mantel gehüllt, streicht an mir vorüber. In immer hellerm Glanz leuchtet das Städtlein

Finkenrode. Ich folge dem Glockenklang durch die Gassen auf den Marktplatz – vor mir strahlt die Kirche des heiligen Martin mit ihren hohen, spitzen, erleuchteten Fenstern; die beiden Türme verlieren sich vollständig in dem Nebel und der Dunkelheit. Ich lehne mich an einen Pfeiler des weit geöffneten Portals und lausche. Hallen einmal einen Augenblick die Glocken über mir aus, so klingt leise, leise das Geläut eines fernen Walddorfes herüber. Noch ist die Kirche menschenleer, die Wände des heiligen Gebäudes entlang schimmern die Totenkränze im Glanz der Kronleuchter. Tannengezweig windet sich an den Pfeilern empor. –

Jetzt ist das christliche Volk erwacht und regt sich. Männer und Weiber schreiten durch die Gassen und über den Markt, auf die Kirchentüren zu, die Gesangbücher an die Brust gedrückt. Die Kinder führen ihre bunten Weihnachtspuppen mit sich, junge Mädchen entfalten strahlend den neuesten Putz. Zwischen den modernen Hüten und Hauben der Weiber schimmern hier und da die landesüblichen, seltsamen Kugelmützen von Gold- und Silberstoff, die Kopfbedeckungen der älteren Bürgersfrauen, hervor. Immer dichter werden die Scharen, die an mir vorüberziehen. Jeder Kirchgänger führt ein Wachslicht mit sich, welches an einer am Eingang der Kirche hängenden kleinen Lampe angezündet wird. Schon flammen Hunderte von Kerzen, schon braust die Orgel, der Gesang der Menge fällt ein – weit über die kleine Stadt hin, bis tief hinein in die stillen Berge, wo der Hirsch und der Fuchs verwundert aufhorchen, erklingt die Feier des Christmorgens.

Wilhelm Raabe

Weihnachten

Was für ein Fest! Zumal am Fuße des Erzgebirges. Ich liebte alle Jahreszeiten, aber Weihnachten war der Höhepunkt des Jahres. Trotz aller Ärmlichkeit in meinen frühen Kindheitstagen – in der Weihnachtszeit hatte ich die romantischsten Stunden.

Die Aufregung begann schon, wenn meine Mutter den Stollenteig knetete. Die Teigreste waren köstlich, mit dem Finger wurden die Gefäße blank geputzt. Die geformten Stollen kennzeichnete meine Mutter mit einem Blechstreifen, auf dem unser Name geschrieben stand.

Die warme Weihnachtsstube, der Christbaum mit den flackernden Kerzen, die Pyramide, wo sich das Christkind in der Krippe so schnell im Kreis drehte, dass es schon einen Drehwurm haben musste, die flinken drei Weisen aus dem Morgenlande immer hinterdrein, und schließlich der Bergmann als Kerzenhalter in seiner traditionellen Tracht – das waren Inbegriffe der romantischen Zeit am Jahresende.

Nach der Christvesper am Heiligen Abend war die bescheidene Bescherung. Ich fühlte mich immer reich beschenkt. Einmal hatten meine Eltern auf einem ausrangierten Bügelbrett eine kleine Welt zum Spielen aufgebaut. Ein Holzzug fuhr zwischen braun und grün gefärbten Sägespänen entlang, die Wege und Wiesen markierten. Farbige Häuschen standen am Rand. Ein kleines hölzernes Riesenrad auf einer Wiese drehte sich, wenn ich einen winzigen Holzstift anfasste und entsprechend bewegte.

Zum Abendbrot am Heiligen Abend kam immer mein Großvater, ein armer Bäckermeister, der seinem Enkel

Bernd nie etwas schenken konnte. Er hatte selbst nichts. Sein Geld war durch den Lauf der deutschen Geschichte verlorengegangen. Er bekam keine Rente und lebte von den paar Mark, die das Haus abwarf, und von seiner Tochter, die bei ihm wohnte. Wenn ich zu Mittag in seine karge Küche trat, sah ich oft nur ein kleines Töpfchen mit Kartoffeln brodeln.

Großvater ging jeden Tag um sechs Uhr abends schlafen. So war er es durch sein langes Bäckerleben gewöhnt, und diesen Ritus hielt er bis ins hohe Alter ein. Er wurde 92 Jahre alt. Als ich einmal um diese Zeit bei ihm war, lag er schon im Bett. Es war mir unvorstellbar, dass ein Erwachsener zu Bett ging, wenn die Kinder noch wach waren. Ich sah hinter dem hohen Federbett nur seinen Kopf und eine Hand. Die hielt eine Mundharmonika. Großvater Richard spielte sich sein Gute-Nacht-Lied selbst. Als er Rentner geworden war, brachte er sich das Klavierspielen bei. Das Klavier aus der Gründerzeit in der „guten Stube“ hatte sonst nur mein Vater benutzt. Großvater hatte in seinem langen Leben wohl kaum Kultur genießen können. Die Arbeit war vorgegangen. Er hat die vielen Jahrzehnte bis zur Rente backend verbracht. Ich hab in seinem Haushalt auch nie ein Buch gesehen.

Am Heiligen Abend saßen wir jedenfalls alle zusammen und aßen Würstchen mit Kartoffelsalat.

Weihnachten bedeutete in den fünfziger Jahren Apfelsinen, Datteln und Kameruner – der Name stammte noch aus Kolonialzeiten. Das waren Erdnüsse, deren Schalen beim Aufdrücken immer leicht „stiebten“. Eine winzige Staubwolke stieg beim Nüsseknacken auf, und die Schalen verbrannten knisternd im Ofen. Mit dem Heiligen Abend war die Aufregung bei uns noch nicht vorbei, denn es kam ja am nächsten Tag in der Frühe der Besuch der Christmette. Sechs Uhr morgens begann sie in der nahe gelegenen Methodistenkirche. Mit Spannung erwartete ich das Krippenspiel, bis ich eines Tages – nun erst recht aufgeregt – zum ersten Mal selbst als Hirt im Altarraum stand. Und nie vergesse ich den Schein und das Flackern der Kerzen im Gesicht der Mitspieler.

Bernd Lutz Lange

Der Weihnachtstag

Zu Hause saß Großmama schon in der blauen Stube. Onkel Alfred war auch da und ging auf und ab.
„Gelt, Onkel, man kann es fast nicht erwarten", sagte Lotti. „Um sechs Uhr läutet's. Wie lang dauert das noch?"
„49 Minuten 37 und eine halbe Sekunde", sagte der Onkel auf die Uhr schauend.
Dann aber setzte er sich ans Klavier und spielte schöne Akkorde. Es klang, als ob Weihnachtsglocken läuteten.
Endlich kam auch Mama mit dem Schwesterlein auf dem Arm und Papa.
Nun sollte Marianne mit ihrem Lied beginnen. Sie drückte die Hände einen Augenblick ineinander und spürte ihr Herz klopfen. Es war so feierlich, wie alle da still im Kreis saßen. Aber dann fing sie an: „Du lieber, heil'ger, frommer Christ ..." und sprach die Verse gut und ohne Stocken.
Lotti auch. Nur einmal mahnte Mama leise: „Nicht so schnell, Lotti!"
Als Hans das schöne Weihnachtsevangelium von den Hirten und dem Lobgesang der Engel aufgesagt hatte, stimmte Onkel Alfred am Klavier das liebe alte Lied an:

„O du fröhliche, o du selige,
gnadenbringende Weihnachtszeit ..."

Alle sangen mit. Papas und Onkel Alfreds Stimmen klangen wie Orgeltöne.
Dann aber vernahm man plötzlich einen andern Ton: Das helle Weihnachtsglöcklein läutete unten, so stark es vermochte.

„Mama, jetzt – jetzt –!"
Mama nickte lächelnd. „Ja, jetzt!" Die Kinder stürzten hinaus und die Treppe hinunter. Die Türe des Weihnachtszimmers war weit offen. Einen Augenblick blieben alle vier wie geblendet stehen. Strahlend stand der hohe Christbaum da mit seinen Lichtern, seinen farbigen Kugeln, goldenen Nüssen und dem funkelnden Flitter, der über den Ästen hing. So vertraut und doch so zauberhaft, so unbegreiflich schön!
Dann aber machte sich Werner von Mariannes Hand los. „O, o, Kühe!", rief er in höchstem Jubel und lief in die Ecke, wo man auf einem niedrigen Tischchen seine Sachen aufgebaut hatte.
Und nun war der Bann gebrochen. Hans erblickte seinen Platz rechts vom Christbaum.
„O, o!", rief auch er und zog einen Schlitten heraus, einen festen Schlitten aus schönem glattem Holz, genau wie er sich ihn gewünscht hatte!
„Marianne, sieh wie lang! Da können wir zu dritt sitzen!"
Doch Marianne hörte nicht; sie hatte schon ihre Schlittschuhe in der Hand, ein Paar prächtige Schlittschuhe, ganz wie die von Lily Rabus! Marianne wollte sich gleich hinsetzen, um sie an ihrem Fuß zu messen; aber ihre Augen überflogen den Tisch und erblickten neben allerlei Paketen einen Muff und Pelzkragen, und dahinter stand die Puppenstube neu hergerichtet, mit weißen Vorhängen und grünem Tischteppich, drei neuen Puppenkindern und einem Papa in brauner Hausjoppe mit einer Zeitung und am Fenster war ein Blumentisch. Nein, diese Seligkeit –!
„Lotti, sieh doch!"

Lotti kniete indessen in lautem Entzücken vor einer Wiege, in der ein Wickelkind schlief, mit blonden Härchen und weißem Kittelchen.
„Es macht die Augen auf und zu! O, du Schatz!“, rief sie und küsste die Puppe und sah dann hinten über der Wiege den Kramladen! Frisch gestrichen und lockend stand er da, mit Quittenwürstchen und Schokoladeschinken, mit Glasbüchsen voll Zuckererbsen, mit kleinen Brotlaiben und einer Menge weißer Tüten. Das Wickelkind im Arm, machte sich Lotti jauchzend an den Laden.
Am lautesten aber ging es in Werners Ecke her. Er kreischte geradezu vor Wonne über seine Kühe und riss an Onkel Alfred, bis dieser sich zu ihm auf den Boden setzte, um die Tiere anzusehen.
„Die heißt – Dachs!“, schrie Werner. „Und die ist die böse, die heißt Bär! Und das ist der Bless –“
Dann lief er hinter den Ofen und erklärte dort dem Pferd, dass es Platz machen müsse, weil jetzt Kühe kommen. Es war auch ein Heubündel da. Werner hatte so zu tun, dass er die Schachtel mit dem Dorf und das Bilderbuch noch gar nicht betrachten konnte.
Hans wusste ebenfalls nicht, wohin sich wenden. Da war ein Buch, das hieß „Das Wunderland der Pyramiden“ und hatte eine Menge Bilder von Kriegern, Denkmälern, seltsamen Göttern und Felsengräbern. Das andere Buch trug den Titel „Sigismund Rüstig“ –
„Marianne, das ist ja die prächtige Geschichte, aus der Papa uns schon erzählt hat!“
Aber im selben Augenblick rief Marianne: „Hans, Lotti! Seht doch den Christbaum wieder an, wie schön er ist!“
Ja, wenn man nur alles zugleich hätte bewundern können!

Das Schwesterlein nahm sich am meisten Zeit für den Christbaum. Auf Mamas Arm guckte es mit weit offenen Augen unverwandt in die Lichter und fuhr mit den kleinen Fäusten auf und ab vor Erstaunen und Freude.
Balbine, Sophie und Ulrich waren auch hinzugetreten, und da sah man erst, dass Ulrich etwas in der Hand hielt, ein Geschenk für die Kinder, ein Schiff, das er an den Abenden und Sonntagen aus Holz geschnitzt hatte.
„Nein, so etwas Feines, Ulrich!“, jubelten die Kinder.
Es war weiß, blau und rot gestrichen und hatte ein Segel und ein bewegliches Steuerruder. Das Ganze war so kunstvoll und sauber gemacht, dass auch die Großen es bewunderten.
„Ulrich, Sie sind ja ein Schiffbauer erster Güte“, sagte Onkel Alfred. „Sie gehören auf eine Werft und nicht in die Garnkammer!“
Ulrich lachte verlegen. Er hatte auch einen Gabentisch und freute sich besonders über Lottis Pulswärmer. Aber vergnügt sah er immer wieder hinüber zu Hans, der das schöne Schiff auf seinen Tisch stellte, mitten unter die Herrlichkeiten, die noch gar nicht alle entdeckt waren. Da gab es ein Taschenmesser, warme Winterhandschuhe, ein Reißzeug, mit dunkelblauem Sammet ausgeschlagen, einen Rucksack mit allerlei nützlichen Nebentaschen. Es war fast zu viel. Hans zog Marianne mit Gewalt herüber, dass sie ihm helfe bewundern.
„Ja, Hans, prachtvoll! Reizend!“, stimmte Marianne ein. „Aber komm, sieh meinen Malkasten an! Bitte, nur den! Es sind fünfzehn Farben und vier Pinsel!“
Hans besichtigte den Malkasten; als er aber gleich wieder zu seiner Bescherung hinüberlief, holte sich Marianne

Balbine, damit sie helfe, das Kommödchen von Großmama betrachten, und die hübsche Schürze, die Zopfbänder, die Gamaschen und das Buch, das „Roland und Elisabeth" hieß, und gewiss wunderschön zu lesen war.
Lotti hatte sich Ulrichs bemächtigt; er musste das Wickelkind besehen, die gefüllte Federschachtel, den kleinen Pumpbrunnen, den Baukasten und den Regenschirm mit einer Troddel wie der von Mama!
Der fröhliche Lärm wurde immer größer, da nun Papa und Mama, Großmama und Onkel Alfred auch an ihre Tische getreten waren und mit Ausrufen der Freude und Überraschung ihre Geschenke entgegennahmen. Die Kinder liefen von einem zum andern und standen gespannt dabei, wenn ihre kleinen Pakete aufgemacht wurden.
„Alles Blaue mit Silberschnur ist also von mir!", verkündete Lotti.
Mama wickelte das Rumpelstilzchen aus. Großmama war entzückt über Hansens rosa Pappschachtel, in der Mariannes Blumenkarten lagen. Papa aber entdeckte Werners großartiges Geschenk.
„Gelt, Papa, das hast du nicht erraten können!", triumphierte der Kleine, und ruhte nicht, bis der arme Papa ein Stück von dem dicken grauen Springerlein versuchte.
Dann machte Onkel Alfred mit vielen Umständen Mariannes und Lottis Päckchen auf und hob behutsam den Tintenwischer heraus.
„Reizend –!"
„Für die Tinte!", sagte Lotti und sah den Onkel stolz an.
„Tinte –!", wehrte dieser. „Nein, dafür ist dieses Kunstwerk zu kostbar! Höchstens meine Tränen wische ich damit ab –"

„Ach, Onkel, du weinst ja nie!“, riefen Marianne und Lotti belustigt.
„Nie –! Wo ihr mir grade jetzt Tränen der Freude und Rührung entlockt!“
Und Onkel Alfred fuhr sich mit dem Tintenwischer über die Augen; dann aber befestigte er ihn an seinem Knopfloch und erklärte, er werde ihn als Verdienstorden tragen.
In dem Getümmel schoss auch noch Schnauzel hin und her, aufgeregt durch die Lichter, den Lärm und die Wurst, die er geschenkt bekommen hatte. Papa hatte ihm die Hälfte davon gegeben und die andere in die Höhe gehalten.
„Du begreifst, Schnauzel“, hatte er gesagt, „wenn du sie jetzt frisst, so hast du morgen nichts mehr.“
„Wau!“, bellte Schnauzel und wedelte heftig mit dem kurzen Schwanze, was jedenfalls heißen sollte:
Ja, ich begreife; aber ich will sie doch gern heut noch!, worauf Papa ihm das zweite Stück aushändigte, damit auch er an diesem Abend seine ganze Freude habe.

Ida Bindschedler

Weihnachten einmal anders

Es war an einem Weihnachtsabend vor einigen Jahren. Draußen war es schon sehr zeitig dunkel geworden. Aber die Straßen und Plätze in unserer Stadt wurden von vielen Tausend Glühbirnen und bunten Lichterketten herrlich erleuchtet, und ich hatte eine große Freude daran – auch meine Eltern und Geschwister.
Da geschah es plötzlich und ganz unverhofft, dass der elektrische Strom ausfiel. In einem Augenblick erloschen alle Lichter ringsum. Die Straßenbeleuchtung war ausgegangen und die vielen Lichterketten baumelten im Dunkeln. Auch von den hübsch geschmückten Schaufenstern war kaum was zu sehen und die große Weihnachtstanne auf dem Marktplatz stand im Finsteren wie im Wald. Natürlich verstummte auch die Weihnachtsmusik aus dem Lautsprecher. Es war plötzlich ringsum ganz still geworden, fast unheimlich. Unwillkürlich suchte ich die Hand von meiner Mutti und ich hörte mein Herz laut pochen.
Aber dann ging ein großes Erschrecken durch die Straßen und Plätze. Und ich glaube, auch durch Häuser und Kirchen. Die Menschen fassten sich in unserer Nähe gegenseitig an und unter, weil es so dunkel war. Und Mutti sagte: „Alles geht wieder seinen sozialistischen Gang."
Wir kamen am Weihnachtsmarkt vorbei und da gab es eine ganz große Aufregung, Rufen und Weinen. Die Eltern riefen verzweifelt nach ihren Kindern und die Kinder nach ihren Eltern. Es war schrecklich! Denn auf

dem Riesenrad befanden sich einige Fahrgäste. Ja, Frauen suchten ihre Männer und Freunde, wollten einander nicht verlieren. Jeder hatte es eilig, so schnell wie möglich nach Hause zu kommen.

Auch wir kürzten den Weg ab, so gut es ging, und Mutti sprach uns unterwegs immer wieder Mut zu. Ich hielt dabei ihre Hand ganz fest.

Die Christvesper in unserer Kirche verzögerte sich um eine Viertelstunde. Verzweifelt wurden einige Kerzen gesucht und angezündet. Sie verbreiteten ein spärliches Licht. Vorsichtig tastend nahmen wir als Familie in den Bänken mit all den anderen endlich unsere Plätze ein. Das war ein Schubsen und Schieben.

Auch gab es an diesem Heiligen Abend kein musikalisches Vorspiel, denn die Orgel wurde ja auch elektrisch betrieben.

Unser Pastor stimmte das Lied an: „Herbei, o ihr Gläubigen, fröhlich triumphierend". Aber schon nach der zweiten Strophe wurde der Gesang recht kläglich und verstummte schließlich ganz. Denn kaum ein Gläubiger kannte den Text auswendig. Auch ich hab zwei Mal falsch gesungen.

Unser gemischter Chor vorn auf der Bühne legte nach dem ersten Lied wieder die Notenblätter beiseite, weil sie im Halbdunkeln kaum zu lesen waren. All die vielen Proben waren umsonst gewesen. Aber das Jesuskind anbeten und Gott danken konnten die Gläubigen auch ohne elektrisches Licht, und so beteten viele. Auch mein Vati und meine ältere Schwester Kerstin.

Es war auch ein sehr guter Einfall von unserem Sonntagsschullehrer, dass er die Weihnachtsgeschichte spannend erzählte.

Unser Pastor hatte einen sehr guten Predigttext vorbereitet. Aber er konnte ihn nicht ablesen, da die Kerze zu sehr flackerte. Zum Glück fiel ihm etwas anderes ein. Und so erzählte er uns ganz spannend von seinen erlebten Heiligabenden. „In einem Jahr, da stand der Himmel voller ‚Christbäume', die in den Bombennächten Zeichen des Schreckens und des Todes waren. Einmal, da war meine Frau sterbenskrank und für mich schienen alle Lichter erloschen. Ein anderes Mal kam am Heiligen Abend mein zweiter Sohn zur Welt. Das war dann eine ganz große Freude!", erzählte er. Diese Erinnerungen wühlten unseren Pastor so sehr auf, dass er ein paar Mal schlucken musste und sich über die Augen wischte. Aber in der Dunkelheit sah keiner seine Tränen.
Ich hätte ihm noch länger zugehört. So spannend waren seine erlebten Geschichten. Sie gefielen mir besser als die Predigt vom vierten Adventssonntag. Da war es ein bisschen langweilig gewesen.
Als die Christvesper zu Ende war, ergab es sich von selbst, dass die Jüngeren die Älteren bei den Händen nahmen und nach Hause begleiteten. Als Dankeschön erhielten wir Kinder sogar eine Kleinigkeit geschenkt, ich sogar einen Kinderkalender mit hübschen Bildern.
Auf dem Weg nach Hause konnte ich beobachten, dass es in den meisten Häusern dunkel und bestimmt auch kalt war, denn die Zentralheizungen waren ja ausgefallen. Unzählige elektrische Kerzen konnten die geschmückten Weihnachtsbäume nicht in vollem Glanz erstrahlen lassen. Wie gut, dass unser schöner Weihnachtsbaum Wachskerzen hatte, die ein mildes Licht und auch ein wenig Wärme verbreiteten.

Aber das festliche Abendessen mit einem großen Braten fiel an diesem Weihnachtsabend bei uns aus, denn der Elektroherd blieb kalt. So aßen wir ein paar belegte Brote und wurden auch satt.
Danach saßen wir als Familie still beim Kerzenschein um den Weihnachtsbaum. Kein Radio oder Kassetten-Recorder spielte Festmusik und auch unser Fernseher stand dunkel da. Und als Vater eine schöne Schallplatte auflegen wollte, legte er sie resigniert aus der Hand – kein Strom! Auch die elektrische Eisenbahn, auf die wir Kinder uns so sehr gefreut hatten, stand ebenfalls unbenutzt da.
So sangen wir all die vielen schönen Weihnachtslieder und Vater begleitete uns am Harmonium. Dann fing Mutter an zu erzählen, wie sie früher Weihnachten feierten, als sie noch ein Kind war. Sogar mit dem Pferdeschlitten fuhren sie nach Lodz zur Christvesper, dick eingepackt und mit vorgewärmten Ziegelsteinen an den Füßen. Das ganze Dorf war unterwegs und das Glöckchengeläut erfüllte die frostkalte Nacht. In der Kirche spielte ein großes Orchester und der Tannenbaum reichte bis zur Decke. Damals brannten Wachskerzen. Aber das Christkind kam in der Nacht zum 1. Weihnachtstag und die Puppe war immer dieselbe, nur neu und sehr hübsch eingekleidet.
Und zum Schluss fragten wir uns: „Warum feiern wir heute noch Weihnachten? War und ist Weihnachten eigentlich nicht ganz anders?“
Es war eine schöne Nacht, als alles stillstand und vieles wegfiel, was die Erinnerung an die Heilige Nacht in Bethlehem hätte stören können. Ja, und auch das Jesus-

kind wurde mir damals so neu bedeutungsvoll. Kam es doch aus dem Licht und göttlicher Herrlichkeit in unsere Dunkelheit und Kälte, aus ganz großer Liebe zu uns Menschen. „Weil Gott in tiefer Nacht erschien, kann unsre Nacht nicht traurig sein."

Irmgard Tabea Laps

Man sang alle Strophen durch, dann hieß es, die Wagen seien vorgefahren, und gleich danach erhob sich alles, um die Pferde nicht warten zu lassen. Denn diese Rücksicht „auf die Pferde“ ging auch im Kreise Kessin allem anderen vor. Im Hausflur standen zwei hübsche Mägde, Ring hielt auf dergleichen, um den Herrschaften beim Anziehen ihrer Pelze behilflich zu sein. Alles war heiter angeregt, einige mehr als das, und das Einsteigen in die verschiedenen Gefährte schien sich schnell und ohne Störung vollziehen zu sollen, als es mit einem Mal hieß, der Gieshüblersche Schlitten sei nicht da. Gieshübler selbst war viel zu artig, um gleich Unruhe zu zeigen oder gar Lärm zu machen; endlich aber, weil doch wer das Wort nehmen musste, fragte Crampas, was es denn eigentlich sei.
„Mirambo kann nicht fahren“, sagte der Hofknecht; „das linke Pferd hat ihn beim Anspannen vor das Schienbein geschlagen. Er liegt im Stall und schreit.“
Nun wurde natürlich nach Doktor Hannemann gerufen, der denn auch hinausging und nach fünf Minuten mit echter Chirurgenruhe versicherte: Ja, Mirambo müsse zurückbleiben; es sei vorläufig in der Sache nichts zu machen als stillliegen und kühlen. Übrigens von Bedenklichem keine Rede. Das war nun einigermaßen ein Trost, aber schaffte doch die Verlegenheit, wie der Gieshüblersche Schlitten zurückzufahren sei, nicht aus der Welt, bis Innstetten erklärte, dass er für Mirambo einzutreten und das Zwiegestirn von Doktor und Apotheker persönlich glücklich heimzusteuern gedenke. Lachend und unter ziemlich

angeheiterten Scherzen gegen den verbindlichsten aller Landräte, der sich, um hilfreich zu sein, sogar von seiner jungen Frau trennen wolle, wurde dem Vorschlag zugestimmt, und Innstetten, mit Gieshübler und dem Doktor im Fond, nahm jetzt wieder die Tete. Crampas und Lindequist folgten unmittelbar. Und als gleich danach auch Kruse mit dem landrätlichen Schlitten vorfuhr, trat Sidonie lächelnd an Effi heran und bat diese, da ja nun ein Platz frei sei, mit ihr fahren zu dürfen. „In unserer Kutsche ist es immer so stickig; mein Vater liebt das. Und außerdem, ich möchte so gerne mit Ihnen plaudern. Aber nur bis Quappendorf. Wo der Morgnitzer Weg abzweigt, steig ich aus und muss dann wieder in unseren unbequemen Kasten. Und Papa raucht auch noch."

Effi war wenig erfreut über diese Begleitung und hätte die Fahrt lieber allein gemacht; aber ihr blieb keine Wahl, und so stieg denn das Fräulein ein, und kaum dass beide Damen ihre Plätze genommen hatten, so gab Kruse den Pferden auch schon einen Peitschenknips, und von der oberförsterlichen Rampe her, von der man einen prächtigen Ausblick auf das Meer hatte, ging es die ziemlich steile Düne hinunter auf den Strandweg zu, der, eine Meile lang, in beinahe gerader Linie bis an das Kessiner Strandhotel und von dort aus, rechts einbiegend, durch die Plantage hin in die Stadt führte.

Der Schneefall hatte schon seit ein paar Stunden aufgehört, die Luft war frisch, und auf das weite dunkelnde Meer fiel der matte Schein der Mondsichel. Kruse fuhr hart am Wasser hin, mitunter den Schaum der Brandung durchschneidend, und Effi, die etwas fröstelte, wickelte sich fester in ihren Mantel und schwieg noch immer und mit

Absicht. Sie wusste recht gut, dass das mit der „stickigen Kutsche" bloß ein Vorwand gewesen und dass sich Sidonie nur zu ihr gesetzt hatte, um ihr etwas Unangenehmes zu sagen. Und das kam immer noch früh genug. Zudem war sie wirklich müde, vielleicht von dem Spaziergange im Walde, vielleicht auch von dem oberförsterlichen Punsch, dem sie, auf Zureden der neben ihr sitzenden Frau von Flemming, tapfer zugesprochen hatte. Sie tat denn auch, als ob sie schliefe, schloss die Augen und neigte den Kopf immer mehr nach links.

„Sie sollten sich nicht so sehr nach links beugen, meine gnädigste Frau. Fährt der Schlitten auf einen Stein, so fliegen Sie hinaus. Ihr Schlitten hat ohnehin kein Schutzleder und, wie ich sehe, auch nicht einmal die Haken dazu."

„Ich kann die Schutzleder nicht leiden; sie haben so was Prosaisches. Und dann, wenn ich hinausflöge, mir wär es recht, am liebsten gleich in die Brandung. Freilich ein etwas kaltes Bad, aber was tut's ... Übrigens, hören Sie nichts?"

„Nein."

„Hören Sie nicht etwas wie Musik?"

„Orgel?"

„Nein, nicht Orgel. Da würd ich denken, es sei das Meer. Aber es ist etwas anderes, ein unendlich feiner Ton, fast wie menschliche Stimme ..."

„Das sind Sinnestäuschungen", sagte Sidonie, die jetzt den richtigen Einsetzmoment gekommen glaubte. „Sie sind nervenkrank. Sie hören Stimmen. Gebe Gott, dass Sie auch die richtige Stimme hören."

„Ich höre ... nun, gewiss, es ist Torheit, ich weiß, sonst würd ich mir einbilden, ich hätte die Meerfrauen singen hören ... Aber, ich bitte Sie, was ist das? Es blitzt ja bis hoch in den Himmel hinauf. Das muss ein Nordlicht sein."

„Ja", sagte Sidonie. „Gnädigste Frau tun ja, als ob es ein Weltwunder wäre. Das ist es nicht. Und wenn es dergleichen wäre, wir haben uns vor Naturkultus zu hüten. Übrigens ein wahres Glück, dass wir außer Gefahr sind, unsern Freund Oberförster, diesen eitelsten aller Sterblichen, über dies Nordlicht sprechen zu hören. Ich wette, dass er sich einbilden würde, das tue ihm der Himmel zu Gefallen, um sein Fest noch festlicher zu machen. Er ist ein Narr. Güldenklee konnte Besseres tun, als ihn feiern. Und dabei spielt er sich auf den Kirchlichen aus und hat auch neulich eine Altardecke geschenkt. Vielleicht, dass Cora daran mitgestickt hat. Diese Unechten sind schuld an allem, denn ihre Weltlichkeit liegt immer obenauf und wird denen mit angerechnet, die's ernst mit dem Heil ihrer Seele meinen."

„Es ist so schwer, ins Herz zu sehen!"

„Ja. Das ist es. Aber bei manchem ist es auch ganz leicht." Und dabei sah sie die junge Frau mit beinahe ungezogener Eindringlichkeit an. Effi schwieg und wandte sich ungeduldig zur Seite.

„Bei manchem, sag ich, ist es ganz leicht", wiederholte Sidonie, die ihren Zweck erreicht hatte und deshalb ruhig lächelnd fortfuhr. „Und zu diesen leichten Rätseln gehört unser Oberförster. Wer seine Kinder so erzieht, den beklag ich, aber das eine Gute hat es, es liegt bei ihm alles klar da. Und wie bei ihm selbst, so bei den Töchtern. Cora geht nach Amerika und wird Millionärin oder Methodistenpredigerin; in jedem Fall ist sie verloren. Ich habe noch keine Vierzehnjährige gesehen ..."

In diesem Augenblick hielt der Schlitten, und als sich beide Damen umsahen, um in Erfahrung zu bringen, was es denn eigentlich sei, bemerkten sie, dass rechts von ihnen, in etwa dreißig Schritt Abstand, auch die beiden anderen Schlitten hielten – am weitesten nach rechts der von Innstetten geführte, näher heran der Crampassche.
„Was ist?“, fragte Effi.
Kruse wandte sich halb herum und sagte: „Der Schloon, gnäd'ge Frau.“
„Der Schloon? Was ist das? Ich sehe nichts.“
Kruse wiegte den Kopf hin und her, wie wenn er ausdrücken wollte, dass die Frage leichter gestellt als beantwortet sei. Worin er auch recht hatte. Denn was der Schloon sei, das war nicht so mit drei Worten zu sagen. Kruse fand aber in seiner Verlegenheit alsbald Hilfe bei dem gnädigen Fräulein, das hier mit allem Bescheid wusste und natürlich auch mit dem Schloon.
„Ja, meine gnädigste Frau“, sagte Sidonie, „da steht es schlimm. Für mich hat es nicht viel auf sich, ich komme bequem durch; denn wenn erst die Wagen heran sind, die haben hohe Räder, und unsere Pferde sind außerdem daran gewöhnt. Aber mit solchem Schlitten ist es was anderes; die versinken im Schloon, und Sie werden wohl oder übel einen Umweg machen müssen.“
„Versinken! Ich bitte Sie, mein gnädigstes Fräulein, ich sehe noch immer nicht klar. Ist denn der Schloon ein Abgrund oder irgendwas, drin man mit Mann und Maus zugrunde gehen muss? Ich kann mir so was hierzulande gar nicht denken.“
„Und doch ist es so was, nur freilich im Kleinen; dieser Schloon ist eigentlich bloß ein kümmerliches Rinnsal, das

hier rechts vom Gothener See herunterkommt und sich durch die Dünen schleicht. Und im Sommer trocknet es mitunter ganz aus, und Sie fahren dann ruhig drüber hin und wissen es nicht einmal."

„Und im Winter?"

„Ja, im Winter, da ist es was anderes; nicht immer, aber doch oft. Da wird es dann ein Sog."

„Mein Gott, was sind das nur alles für Namen und Wörter!"

„... da wird es ein Sog, und am stärksten immer dann, wenn der Wind nach dem Lande hin steht. Dann drückt der Wind das Meerwasser in das kleine Rinnsal hinein, aber nicht so, dass man es sehen kann. Und das ist das Schlimmste von der Sache, darin steckt die eigentliche Gefahr. Alles geht nämlich unterirdisch vor sich, und der ganze Strandsand ist dann bis tief hinunter mit Wasser durchsetzt und gefüllt. Und wenn man dann über solche Sandstelle wegwill, die keine mehr ist, dann sinkt man ein, als ob es ein Sumpf oder ein Moor wäre."

„Das kenn ich", sagte Effi lebhaft. „Das ist wie in unsrem Luch", und inmitten all ihrer Ängstlichkeit wurde ihr mit einem Male ganz wehmütig freudig zu Sinn.

Während das Gespräch noch so ging und sich fortsetzte, war Crampas aus seinem Schlitten ausgestiegen und auf den am äußersten Flügel haltenden Gieshüblerschen zugeschritten, um hier mit Innstetten zu verabreden, was nun wohl eigentlich zu tun sei. Knut, so meldete er, wolle die Durchfahrt riskieren, aber Knut sei dumm und verstehe nichts von der Sache; nur solche, die hier zu Hause seien, müssten die Entscheidung treffen. Innstetten – sehr zu Crampas' Überraschung – war auch fürs „Riskieren",

es müsse durchaus noch mal versucht werden ... er wisse schon, die Geschichte wiederholte sich jedes Mal: Die Leute hier hätten einen Aberglauben und vorweg eine Furcht, während es doch eigentlich wenig zu bedeuten habe. Nicht Knut, der wisse nicht Bescheid, wohl aber Kruse solle noch einmal einen Anlauf nehmen und Crampas derweilen bei den Damen einsteigen (ein kleiner Rücksitz sei ja noch da), um bei der Hand zu sein, wenn der Schlitten umkippe. Das sei doch schließlich das Schlimmste, was geschehen könne.
Mit dieser Innstettenschen Botschaft erschien jetzt Crampas bei den beiden Damen und nahm, als er lachend seinen Auftrag ausgeführt hatte, ganz nach empfangener Order den kleinen Sitzplatz ein, der eigentlich nichts als eine mit Tuch überzogene Leiste war, und rief Kruse zu: „Nun, vorwärts, Kruse."
Dieser hatte denn auch die Pferde bereits um hundert Schritte zurückgezoppt und hoffte, scharf anfahrend, den Schlitten glücklich durchbringen zu können; im selben Augenblick aber, wo die Pferde den Schloon auch nur berührten, sanken sie bis über die Knöchel in den Sand ein, sodass sie nur mit Mühe nach rückwärts wieder herauskonnten.
„Es geht nicht", sagte Crampas, und Kruse nickte.
Während sich dies abspielte, waren endlich auch die Kutschen herangekommen, die Grasenabbsche vorauf, und als Sidonie, nach kurzem Dank gegen Effi, sich verabschiedet und dem seine türkische Pfeife rauchenden Vater gegenüber ihren Rückplatz eingenommen hatte, ging es mit dem Wagen ohne weiteres auf den Schloon zu; die Pferde sanken tief ein, aber die Räder ließen alle Gefahr leicht

überwinden, und ehe eine halbe Minute vorüber war, trabten auch schon die Grasenabbs drüben weiter. Die andern Kutschen folgten. Effi sah ihnen nicht ohne Neid nach. Indessen nicht lange, denn auch für die Schlittenfahrer war in der zwischenliegenden Zeit Rat geschafft worden, und zwar einfach dadurch, dass sich Innstetten entschlossen hatte, statt aller weiteren Forcierung das friedlichere Mittel eines Umwegs zu wählen. Also genau das, was Sidonie gleich anfangs in Sicht gestellt hatte. Vom rechten Flügel her klang des Landrats bestimmte Weisung herüber, vorläufig diesseits zu bleiben und ihm durch die Dünen hin bis an eine weiter hinauf gelegene Bohlenbrücke zu folgen. Als beide Kutscher, Knut und Kruse, so verständigt waren, trat der Major, der, um Sidonie zu helfen, gleichzeitig mit dieser ausgestiegen war, wieder an Effi heran und sagte: „Ich kann Sie nicht allein lassen, gnäd'ge Frau."
Effi war einen Augenblick unschlüssig, rückte dann aber rasch von der einen Seite nach der anderen hinüber, und Crampas nahm links neben ihr Platz.
All dies hätte vielleicht missdeutet werden können, Crampas selbst aber war zu sehr Frauenkenner, um es sich bloß in Eitelkeit zurechtzulegen. Er sah deutlich, dass Effi nur tat, was nach Lage der Sache das einzig Richtige war. Es war unmöglich für sie, sich seine Gegenwart zu verbitten. Und so ging es denn im Fluge den beiden anderen Schlitten nach, immer dicht an dem Wasserlauf hin, an dessen anderem Ufer dunkle Waldmassen aufragten. Effi sah hinüber und nahm an, dass schließlich an dem landeinwärts gelegenen Außenrand des Waldes hin die Weiterfahrt gehen würde, genau also den Weg entlang, auf dem man in früher Nachmittagsstunde gekommen war. Innstetten aber hatte sich

inzwischen einen anderen Plan gemacht, und im selben Augenblick, wo sein Schlitten die Bohlenbrücke passierte, bog er, statt den Außenweg zu wählen, in einen schmaleren Weg ein, der mitten durch die dichte Waldmasse hindurchführte. Effi schrak zusammen. Bis dahin waren Luft und Licht um sie her gewesen, aber jetzt war es damit vorbei, und die dunklen Kronen wölbten sich über ihr. Ein Zittern überkam sie, und sie schob die Finger fest ineinander, um sich einen Halt zu geben Gedanken und Bilder jagten sich, und eines dieser Bilder war das Mütterchen in dem Gedichte, das die „Gottesmauer" hieß, und wie das Mütterchen so betete auch sie jetzt, dass Gott eine Mauer um sie her bauen möge. Zwei, drei Male kam es auch über ihre Lippen, aber mit einem Mal fühlte sie, dass es tote Worte waren. Sie fürchtete sich und war doch zugleich wie in einem Zauberbann und wollte auch nicht heraus.

„Effi", klang es jetzt leise an ihr Ohr, und sie hörte, dass seine Stimme zitterte. Dann nahm er ihre Hand und löste die Finger, die sie noch immer geschlossen hielt, und überdeckte sie mit heißen Küssen. Es war ihr, als wandle sie eine Ohnmacht an.

Als sie die Augen wieder öffnete, war man aus dem Wald heraus, und in geringer Entfernung vor sich hörte sie das Geläut der vorauseilenden Schlitten. Immer vernehmlicher klang es, und als man, dicht vor Utpatels Mühle, von den Dünen her in die Stadt einbog, lagen rechts die kleinen Häuser mit ihren Schneedächern neben ihnen.

Effi blickte sich um, und im nächsten Augenblick hielt der Schlitten vor dem landrätlichen Hause.

Theodor Fontane

O Tannenbaum, o Tannenbaum

Das Weihnachtsbild „O Tannenbaum" hat einst ein Zimmermann aus Goldlauter im Thüringer Wald komponiert. Mich erinnert besonders dieses Lied an meine Kindheit, die ich bei meinen Großeltern in Gera verbrachte.

Zum Weihnachtsabend versammelte sich die gesamte Familie in der kleinen, bescheidenen Wohnung. Zu Weihnachten gehörte natürlich auch ein mit Kerzen, Naschwerk, Glaskugeln und Lametta festlich geschmückter Tannenbaum.

Da die „gute Stube" der großelterlichen Wohnung nicht gerade geräumig war, wurde der stattliche Baum an die Decke gehängt. Das entlastete zwar die räumliche Enge, brachte aber andere Probleme mit sich. Ich erlebte es nie, dass der Weihnachtsbaum so hing, wie er sollte. Immer waren zusätzliche Stabilisierungsmaßnahmen erforderlich. Einmal wurde sogar ein in Silberpapier eingewickeltes Brikett als Ausgleichsgewicht eingesetzt. Ein anderes Mal wurde der Baum mit dünnen Fäden in eine senkrechte Lage gezurrt, sodass er im Prinzip eher einem Fesselballon ähnelte, zumal mein Onkel Rudel über diese Fäden Lametta hängte, um die Gleichgewichtsbemühungen deutlicher sichtbar zu machen. Jedenfalls war unser Tannenbaum nicht nur Gegenstand festlicher Andacht, sondern auch Objekt mancher Frotzelei, was mein Großvater bis dahin immer gelassen hinnahm. Als sich aber auch noch meine Großmutter an den Sticheleien beteiligte, war das Maß voll. Nun legte Großvater ziemlich kategorisch fest: „Martha, nächstes Jahr kaufst du den Weihnachtsbaum!"

Als vor Jahresfrist Großmutter immer wieder den Weihnachtsbaumkauf anmahnte, bekam sie jedes Mal zu hören: „Martha, dieses Jahr kaufst du das Bäumchen selber.“

Am letzten Tag des Weihnachtsmarktes machte Großmutter sich auf den Weg. Ich musste sie begleiten, wohl eher als Lastesel denn als Gutachter.

In der Tat: Großmutter hatte einen Weihnachtsbaum von seltener Schönheit ausgewählt. Er war von geometrischer Symmetrie – und auch nicht billig. Weil der Großmutter noch weitere Besorgungen einfielen, wurde der Baum in der Fahrradaufbewahrung nahe der Einkaufsstraße abgestellt.

Es dämmerte schon, als wir ihn dort wieder abholen wollten. Leider war unser Weihnachtsbaum inzwischen von einem Auto überrollt, das forstwirtschaftliche Prachtstück sozusagen zu Kleinholz gemacht worden. Wir bekamen zwar den Kaufpreis vom Betreiber der Fahrradaufbewahrung ersetzt, aber einen Weihnachtsbaum hatten wir nun nicht mehr.

So blieb uns nichts weiter übrig, als noch einmal auf den Markt zu gehen. Die Weihnachtsbaumhändler waren schon am Zusammenräumen, das Geschäft für dieses Jahr war gelaufen. Doch wir hatten Glück und erstanden noch einen Baum, sogar für den Spottpreis von 25 Pfennigen. Danach sah er auch aus. Der Händler entschuldigte sich fast dafür, dass er uns so einen Krüppel von Baum andrehen musste. Aber was sollten wir machen? Diesen oder keinen, so stand die Frage.

Zuhause angekommen, musste ich den Baum erst einmal im Waschhaus abstellen. Großvater erwartete uns mit sichtbarer Spannung und der von Neugier geladenen Frage: „Wo habt ihr denn den Weihnachtsbaum?" „Im Waschhaus", war Großmutters einsilbige und verlegene Antwort. Mit den Worten „Den muss ich sehen", zündete Großvater die Petroleumlampe an und ging unverzüglich ins Waschhaus. Noch in der zweiten Etage hörte ich kurz darauf sein schallendes Gelächter – von Großmutter kommentarlos hingenommen.

Jochen Weimar

Musik für ein Neues

Die Uhren

Es ist Silvester. Eine schlichte Bowle,
von kluger Hand bereitet, schmückt den Tisch. –
Man war bei Piepenbrinks. Herr Piepenbrink,
Frau Piepenbrink und deren Fritz und Julchen,
welch letzte beiden heute auch noch auf,
Herr Küster Klöppel, treu bewährt im Amte,
Apotheker Mickefett, den diese Gegend
von wegen seiner Pillen höchlich pries –
dies waren die Personen, welche hier
zum frohen Jahresschlusse sich versammelt. –

Darüber ist man einig, punkto zwölf
ein kräftig Prost Neujahr sich zuzurufen,
worauf getrost das Glas zu leeren sei. –
Nun aber, spricht Herr Klöppel mit Bedacht,
nun aber ist die Frage: Welche Uhr
soll diesen schönen Augenblick verkünden? –

Die beste Uhr, ruft Fritz ein wenig hastig,
von allen Uhren ist die Sonnenuhr! –
Jawohl, mein Sohn!, erwidert Klöppel sanft,
die Sonne ist ein pünktlich Element,
was mit der Dunkelheit von hinnen scheidet.
Insofern kommt sie hier nicht in Betracht.
Dagegen schlag' ich unsre Turmuhr vor! –
Hier lächelt Mickefett verschmitzt und spricht:
Die Geistlichkeit in Ehren! Doch man sagt,
ein traulich später Trunk am Samstagabend

wirkt zögernd auf die Sonntagmorgenglocke. –
Herr Klöppel schweigt; denn mild ist sein Charakter.

Nun zieht aus ihres Busens Vorderfalte
Frau Piepenbrink bescheidentlich die Uhr.
Doch Piepenbrink ruft gleich: Ich bitte dich,
lass doch die Uhr im Stall! Fast alle Monat
muss ich das Ding da reparieren lassen! –
Nun, nun, spricht sie, sei nur nicht gleich so rau!
Ist's doch für uns ein lieblich Angedenken
an jene Zeit, da du mir Treue schwurst. –
Ahem!, macht Piepenbrink und schaut ins Glas. –
Ach, seufzt das Julchen, wie entzückend schön
wär' doch so eine Dose, die so Stücke spielt! –

Sehr wahr, mein liebes Kind!, entgegnet Klöppel.
Bewundernswert ist solch ein Kunstgetriebe,
und gern belauscht man seine Melodien;
nur lehrt es uns viel mehr, die Zeit vergessen,
statt sie zu schätzen, wie's die Pflicht der Uhr.
Insofern kommt das hier nicht in Betracht. –
Jetzt wird der Fritz schon wieder laut: Ja, aber
beim reichen Schrepper die Pendüle, die ...
Pst, fällt ihm Mickefett sogleich ins Wort,
das ist 'ne böse Uhr, die nur die Dauer
des Wehs im Zeh bemisst, die Stunden schlägt,
wo's Pulver einzunehmen, welche ewig
eintönig raunt: Klick, klack, die Aktien fallen! –

Da muss ich meine Taschenuhr hier loben,
sie ist von einem überseeschen Paten ...

Insofern, meint Herr Klöppel ... Bitte sehr,
fährt jener fort, sie ist durchaus von Gold. –
Insofern, meint Herr Klöppel ernst und kühl,
insofern kommt sie hier nicht in Betracht. –

Und, fährt Herr Mickefett gelassen fort,
und richtig geht sie. Diesen letzten Herbst
bin ich mit Munkel, dem Kaplan, in Straßburg.
Wir hatten gut gelebt; in jeder Hinsicht.
Das Geld war alle, und so wollten wir
denselben Abend spät noch weitermachen.
Wir stehn so vor dem Münster. Salbungsvoll
hub Munkel an und sprach: Geliebter Freund!
Im Angesichte dieses hohen Tempels
ermahn' ich nochmals dringend dich, kehr um!
Oh, kehre wieder in den weichen Schoß
der heilgen Mutter Kirche und vertraue
dich ihrer altbewährten Führung an! –

Ich ziehe meine Uhr und sage: Munkel,
es ist ein Viertel zwölf; wir müssen eilen,
wofern wir nicht den Zug verpassen wollen.
Indem so schlägt die Münsterglocke elf. –
Du hörst es! sagt er: Hat noch lange Zeit. –
Na gut, wir bummeln endlich so lala
zum Bahnhof. Richtig: Tüt! Dort saust er hin!
Freudlos wär' uns die Nacht vergangen, hätt' ich
dem Herbergsvater nicht die Uhr gereicht.
Seitdem vertrau' ich keiner Kirchenglocke.
Und wenn die Engel selbst vom Turme bliesen,
ich richte mich nach meiner Taschenuhr. –

Nun aber nimmt Herr Piepenbrink das Wort:
Ich lobe mir, so spricht er, jene Alte,
die dorten in der Ecke ticktack macht.
Pünktlich um sieben morgens weckt sie uns.
Um achte mahnt sie Fritzen an die Schule.
Zwölfmal mit freud'gem Klang allmittäglich
ruft sie zu Tisch, und jeder folgt ihr gern.
Getreulich zählt sie meiner lieben Frau
beim Eierkochen die Minuten ab.
Was mich betrifft, so sorgt sie stets dafür,
dass ich die Zeit des Klubs niemals verfehle.
Und ist die Ruhestunde dann erschienen,
gewissenhaft um zehne schlägt sie zehn.
So machte sie's gar manches Jahr,
und keine Seele dachte was dabei,
und keiner wusste, wie so gut sie war,
bis dass sie eines Morgens stillestand.
Da wusste man's. – Ach Gott, fiel Klöppel ein,
so geht's mit mancher stillbescheid'nen Treue,
allein insofern ... Baum! Da tönt es ernst
vom nahen Turme zwölf, und: Prost Neujahr!,
ruft jeder klangvoll ausgehöhlte Mund
und leert das Glas. (Zuerst ist Klöppel fertig.)

Hierauf zieht Mutter Piepenbrink die Uhr
bescheiden aus des Mieders warmer Spalte. –
Jetzt ist es zwölf auf meiner!, ruft sie froh;
und wieder folgt ein kräftig Prost Neujahr! –
Und jetzt nach meiner!, schreit Herr Mickefett,
und nochmals schallt der festlich-frohe Gruß,
und nochmals beugt sich jeder gern nach hinten,

um so das neugefüllte Glas zu leeren.
(Herr Mickefett tut's zweimal hintereinander.)
Kaum ist's vollbracht, so fängt es in der alten,
höchst ehrenwerten Wand- und Ticktackuhr
zu schnurren an und – bemm! – und alsofort
dröhnt sie des Jahres letzte Stunde her. –
Hurra und Prosit Neujahr! – das klang mal schön!

Herr Klöppel hält den Ton noch lange aus. –
Fritz trank zu hastig; drum so muss er auch
sehr heftig durch die Nase husten, welches
Mama und Julchen recht ins Lachen brachte.
Jedoch der biedre Vater Piepenbrink,
der sanfte Klöppel, Mickefett, der Schlaue,
die tranken kreuzweis ew'ge Brüderschaft.

So war man froh nach ganz verschiednen Uhren,
schlief selig dann in ganz verschiednen Betten
(der Vater und die Mutter ausgenommen)
und ging des andern Tages, warm bekleidet,
mit leichtem Schädelbrummen in die Messe.
(Herr Mickefett natürlich ausgenommen;
der kramt in der Butike und bereitet,
verdrießlich, doch mit Sorgfalt, einen Bittern.)

Wilhelm Busch

Neujahrslied

Mit der Freude zieht der Schmerz
traulich durch die Zeiten.
Schwere Stürme, milde Weste,
bange Sorgen, frohe Feste
wandeln sich zur Seiten.

Und wo eine Träne fällt,
blüht auch eine Rose.
Schön gemischt, noch eh' wir's bitten,
ist für Throne und für Hütten
Schmerz und Lust im Lose.

War's nicht so im alten Jahr?
Wird's im neuen enden?
Sonnen wallen auf und nieder,
Wolken geh'n und kommen wieder,
und kein Wunsch wird's wenden.

Gebe denn, der über uns
wägt mit rechter Wage,
jedem Sinn für seine Freuden,
jedem Mut für seine Leiden
in die neuen Tage.

Jedem auf des Lebens Pfad
einen Freund zur Seite,
ein zufriedenes Gemüte
und zu stiller Herzensgüte
Hoffnung ins Geleite!

Johann Peter Hebel

In der Neujahrsnacht

Die Kirchturmglocke schlägt zwölfmal Bumm.
Das alte Jahr ist wieder mal um.
Die Menschen können sich in den Gassen
vor lauter Übermut gar nicht mehr fassen.
Sie singen und springen umher wie die Flöhe
und werfen die Mützen in die Höhe.
Der Schornsteinfegergeselle Schwerzlich
küsst Konditor Krause recht herzlich.
Der alte Gendarm brummt heute sogar
ein freundliches: Prosit zum neuen Jahr.

Joachim Ringelnatz

Das Werk des František Smrčka

An einem Feiertag – wenn ich mich recht erinnere, war es der Dreikönigstag – kam ich mit dem Morgenzug in Pfeifelfing an. Ich hatte nicht erwartet, das Orgelmuseum schon offen zu finden. Auf dem Boden neben dem zierlichen Positiv stand ein Fässchen, das ich schon von früher her kannte. Mein Großonkel tauchte mit feierlicher Gebärde die kleine Orgelpfeife hinein, die er als Weinheber benützte. Während er das kostbare Nass auf der Zunge zergehen ließ, blinzelte er mir zu. „Du hast wohl gerochen, dass es heute etwas Feines zu kosten gibt?", fragte er.
„Müsstest du nicht jetzt noch drüben in der Kirche Orgel spielen?", entgegnete ich.
„Oh, das Postludium spielt die Orgel ganz allein", beruhigte mich der alte Mann.
Ich machte große Augen: „Wirklich?"
„Nein, ich wollte, es könnte es." Er lachte, und der Stahlwolleschnurrbart sprang auf und nieder. „Du weißt, dass es solche Automatenwerke gibt. Schon Joseph Haydn komponierte für die sogenannte ‚Flötenuhr', die Pater Primitivus Niemecz gebaut hatte. Aber auch in meiner böhmischen Heimat gab es ähnliche Konstruktionen des Organisten František Smrčka, die freilich unbekannt geblieben sind, weil er sie allein für den eigenen Bedarf anfertigte. Es begann damit, dass er wie jeder rechte Künstler mit dem Aufstehen am Morgen Schwierigkeiten hatte und häufig zur ersten Messe zu spät kam. So entwickelte er eine Präludiermaschine, die ausgelöst wurde, wenn der Ministrant beim Einzug in die Kirche am Glockenstrang

riss. Nach der Messe verzog sich der wackere Musikant sofort ins nächste Wirtshaus, wie es ja auch ein altüberlieferter Brauch ist. Um auf dieses Vergnügen nicht zu lang warten zu müssen, konstruierte er eine zweite Walze, die zu spielen begann, wenn der Geistliche das Presbyterium durch die Sakristeitür verließ. Der Erfolg seiner Schöpfungen ermutigte Smrčka, nicht auf halbem Wege stehen zu bleiben. Er fabrizierte Walzen, die sich beim Einzug eines Brautpaars in Bewegung setzten, und solche, die für Trauerfeierlichkeiten bestimmt waren. Dass ihm bisweilen peinliche Verwechslungen unterliefen, konnte den Erfinder nicht entmutigen. Es geschah zum Beispiel, dass ein Bräutigam beim Betreten der Kirche den Schritt hemmte und sich mit gefährlicher Deutlichkeit der Tragweite seines Entschlusses bewusst wurde, denn von der Empore herab klang dumpf ein Trauermarsch. Dafür jubilierte das nächste Mal die Orgel, und trauernde Hinterbliebene wiegten sich im Walzertakt, der so sehr ihrer Freude über die Erbschaft entsprach. Smrčka aber konstruierte weiter. Er schuf ein Werk, das sich durch Resonanzwirkung beim Erklingen der Ministrantenglocken einschaltete, er baute Uhren ein, die den zeitlichen Ablauf regelten, und als er neben dem Altar ein Wählpult anbrachte, von dem aus der Ministrant zehn verschiedene Kirchenlieder loslassen konnte, war er am Ziel. Seine Anwesenheit war nicht mehr nötig. Er durfte ohne Umweg ins Wirtshaus eilen. Und doch stand dem Erfinder seine größte Stunde noch bevor: Durch die Indiskretion eines höheren Beamten hatte der Bürgermeister erfahren, Augustin Fürst Wintersperg werde die kleine Stadt inkognito besuchen, um mit der Hofopernsängerin Thespiseder ein Wochenende zu verbringen. Das Stadt-

oberhaupt rief Smrčka zu sich. ‚Mein lieber Freund, ich habe eine ehrenvolle Aufgabe für Sie! Ein Fürst kommt zu uns und will umjubelt sein, versteht sich, umso mehr, als er inkognito kommt. Wir besitzen keine Musikkapelle, die für einen solchen Empfang würdig genug wäre. Machen Sie sich also auf die Beine und konstruieren Sie schnell ein paar Ihrer Orgeln, damit Sie Seiner Durchlaucht und Hochdero Begleiterin den Marsch blasen, den Begrüßungsmarsch, versteht sich.'
Smrčka tat, wie ihm geheißen. Zum Glück hatte er ein paar halbfertige Walzenwerke in seiner Werkstatt stehen, die er vollenden und an strategisch wichtigen Punkten der Stadt postieren konnte. Die Arbeit ging ihm leicht von der Hand, denn zum ersten Mal spürte er, dass man in ihm mehr sah als einen Meister der Bequemlichkeit. Am Freitagabend tat er den letzten Handgriff. Drei Orgeln waren in den fahnengeschmückten Straßen verteilt, gefüllt mit den prächtigsten Jubelmärschen der Zeit. Am nächsten Morgen machte Smrčka noch eine Inspektionsrunde, um die Federwerke zu spannen. Dann stellte er sich in die Nähe des Triumphbogens, den man am südlichen Stadteingang errichtet hatte. Im Inneren des Bogens befand sich nämlich die erste Orgel, mit spanischen Trompeten bestückt. Gegen elf Uhr Vormittag endlich näherte sich eine unscheinbare vierspännige Kutsche dem in Tannengrün und bunten Fahnenschleifen prangenden Begrüßungsmal. Ein verborgener Hebel löste den Mechanismus aus. Doch kein Jubelmarsch ertönte, sondern das Lied: Winter ade, Scheiden tut weh, aber dein Scheiden macht, dass mir das Herze lacht. Es konnte kein Zweifel bestehen, dass mit dem Winter Fürst Wintersperg gemeint war, denn er war schon in

seiner Jugend oft mit diesem Lied geneckt worden. Wütend ließ er seine Kutsche wenden und fuhr zurück, um zu sehen, wer ihn zu verspotten wagte. Natürlich blieb ihm die in den Triumphbogen installierte Orgel verborgen. Als er aber wieder stadteinwärts fuhr, schaltete das tüchtige Instrument auf eine zweite Walze und ließ eine Melodie aus Beethovens ‚Fidelio' vernehmen: ‚Abscheulicher, wo eilst du hin, was hast du vor in wildem Grimme.'"

Ich lachte. „Aber daran hatte doch nicht der Erfinder selber Schuld?", fragte ich.

Der Großonkel befeuchtete sich den Mund mit einem Schluck aus dem Weinheber, bevor er antwortete. „Nein. Man verdächtigte später einen Klavierlehrer, der mit Smrčka befreundet war und ihm einige Male bei der Arbeit zugesehen hatte. Vielleicht war er ein Anarchist oder er vergönnte dem Fürsten die schöne Opernsängerin nicht. Keine dieser Vermutungen ließ sich jedoch beweisen. Der Fall blieb ungeklärt. Inzwischen nahm das Unglück seinen Lauf. Auf den Stufen des Rathauses hatte der Bürgermeister mit seinen Stadträten schon seit acht Uhr früh gewartet. Nach einer Stunde taten ihnen die Füße weh, und einer nach dem anderen setzte sich nieder. Als nun die Kutsche um die Ecke ratterte, sprangen sie erschrocken auf, und die zweite Orgel, die in der Mitte des Rathausplatzes stand, intonierte ‚Üb immer Treu und Redlichkeit'. Auch das konnte Fürst Wintersperg auf sich münzen, da er ja nicht mit seiner Gemahlin angekommen war. Die vielen Leute, die den Straßenrand säumten und eben noch in Hochrufe ausbrechen wollten, begannen zu lachen, und dem Bürgermeister blieb seine gedrechselte Rede im Hals stecken. Zähneknirschend zogen der Fürst und seine Begleiterin die Vorhänge des Fahrzeugs zu und trieben den Kutscher zu größerer Eile an. Am Tor des Gasthofs ‚Zum silbernen Baum', wo sie sich für ein paar verträumte Stunden eine Zimmerflucht bestellt hatten, glaubten sie sich gerettet. Doch beim Aussteigen dröhnte ihnen die dritte Orgel entgegen: ‚Oh, du lieber Augustin, alles ist hin …' Fürst Augustin stand wie vom Donner gerührt. Da erblickte er neben der Orgel František Smrčka, der im letzten Augenblick noch vergeblich versucht hatte, das Verhängnis abzuwenden. Mit gezücktem Degen stürzte er auf ihn zu, musste er ihn doch für den Schurken halten, der all diese Kränkungen inszeniert hatte. Der arme Smrčka suchte sein Heil in der Flucht, und da ihm nichts Besseres einfiel, nahm er seinen Weg zur Kirche. Wintersperg rannte ihm nach, dicht gefolgt von Madame Thespiseder, die den Rasenden zurückhalten wollte. Der Organist verschwand durch das Portal des Gotteshauses, und Bruchteile von Sekunden später stürmten auch die beiden anderen ins Kirchenschiff. Da hielten sie inne. Von Smrčka war keine Spur zu sehen. Der kauerte zitternd in irgendeinem Winkel. Doch von der Empore herab erklang feierlich eine Orgelwalze, die der tüchtige Mann schon für eine Zeremonie am Nachmittag vorbereitet hatte: ‚Wir winden dir den Jungfernkranz', ein Lied aus der Oper ,Der Freischütz', die eben ihren Siegeszug um die Welt angetreten hatte. Madame Thespiseder schoss das Blut in die Wangen. Wortlos drehte sie sich um und wankte ins Freie. Wenige Minuten später verließ das Paar die ungastliche Stadt, doch vermied man es, noch einmal den Triumphbogen zu durchfahren." Der Großonkel entdeckte, dass sein Mund wieder trocken geworden war, und stärkte sich aus dem Fässchen, das neben der Orgelbank stand.

„Und was ist aus Smrčka geworden?", fragte ich.

„Der Bürgermeister ließ alle seine Automaten beschlagnahmen und verbot ihm ein für allemal, eines dieser gefährlichen Dinger in Betrieb zu nehmen. Und so wurde der verkannte Erfinder wieder zu dem einfachen Organisten, der er vorher gewesen war. Aber nach dem Schrecken mit dem Degen Fürst Winterspergs hatte er nichts dagegen einzuwenden." Der Großonkel tauchte die dünne Zinnpfeife in das Fässchen und reichte sie mir. „Trink das auf Smrčkas Wohl", sagte er, während ich im Mund einen prickelnd herben Geschmack spürte und mir sehr erwachsen vorkam. Dann zog er an einem Hebel. Irgendwo im Raum begann eine Orgel zu spielen, freilich nicht den Jungfernkranz, sondern ein Flötenuhrstück von Joseph Haydn.

Oswald Köberl

Neujahrslied

Neues Jahr, neues Jahr,
sei uns was das alte war!
Rat' uns allen, warn' uns, wehr' uns,
mahn' uns väterlich und lehr' uns,
gut und ehrenwert zu sein!

Neues Jahr, neues Jahr,
schirm' und schütz' uns vor Gefahr!
Lass für's Vaterland und jeden
frei der Wahrheit Stimme reden
in der Hütt' und vor dem Thron!

Neues Jahr, neues Jahr,
sei uns gnädig immerdar!
Allen Halben, Lauen, Flauen
schenke Kraft und Selbstvertrauen
und Gesinnung doch einmal!

Neues Jahr, neues Jahr,
mach' uns unsre Hoffnung wahr!
Siegen lass die gute Sache,
dass der Schlechte, Feig' und Schwache
niemals mehr das Haupt erhebt!

Neues Jahr, neues Jahr,
mach' es endlich allen klar:
Dass wir mit dem Vaterlande
haben Ehre, Ruhm und Schande,

Segen, Glück und Heil gemein.
Neues Jahr, neues Jahr,
bleib' uns gnädig immerdar!
Dass in deiner letzten Stunde
dir noch schall' aus aller Munde:
Tausend Dank dir, neues Jahr.

August Heinrich Hoffmann von Fallersleben

Quellenverzeichnis

Textnachweis

Paul Barz: Willst du ein Bierpfeifer werden? / Bin ich ein Bierpfeifer?, aus: Händel. Ein biographischer Roman; © 2008 Gütersloher Verlagshaus in der Verlagsgruppe Penguin Randomhouse
Günter Eich: Vorwinter, aus: Günter Eich, Gesammelte Werke in vier Bänden. Band 1: Die Gedichte. Die Maulwürfe. Herausgegeben von Axel Vieregg. © Suhrkamp Verlag Frankfurt am Main 1991. Alle Rechte bei und vorbehalten durch Suhrkamp Verlag Berlin.
Friedrich Haarhaus: Der Schnee – ein Weihnachtsgruß/Kein Schrecken vor dem Winter!, Aus: Stille Nacht, heilige Nacht: Wissenswertes zu den schönsten Advents- und Weihnachtsliedern, St. Benno Verlag, Leipzig 2005
Peter Härtling: Winterreise, aus: Peter Härtling: Schubert. Zwölf Moments musicaux und ein Roman © 1995, 1997 Verlag Kiepenheuer & Witsch GmbH & Co. KG, Köln
Hanns Dieter Hüsch: Dezember © Abdruck mit freundlicher Genehmigung von Christiane Hüsch-von Aprath
Mascha Kaléko: Lied im Schnee, aus: Mascha Kaléko, Die paar leuchtenden Jahre, Mit einem Essay von Horst Krüger. Hrsg., eingel. von Gisela Zoch-Westphal, Mit der Biographie "Aus den sechs Leben der Mascha Kaléko" / von Gisela Zoch-Westphal © 2003, Dt. Taschenbuch Verlag, München
Bernd-Lutz Lange: Weihnachten, aus: Bernd-Lutz Lange: Magermilch und lange Strümpfe © Aufbau Taschenbuch, Berlin 2003. Erstmals erschienen im Gustav Kiepenheuer Verlag, Leipzig, 1999; Gustav Kiepenheuer ist eine Marke der Aufbau Verlage GmbH & Co. KG. © Aufbau Verlage GmbH & Co. KG
Irmgard Tabea Laps: Weihnachten einmal anders © Alle Rechte bei der Autorin
Till Sailer: Hamburg im Januar 1865, aus: In Liebe – Ihr Johannes Brahms © 2005, Trafo Verlag, Berlin
Chris Stadtlaender: Winter 1814-15, aus: Chris Stadtlaender: Beethoven zieht um © 1985 Pendo Verlag in der Piper Verlag GmbH, München

Eva Strittmatter: Vor einem Winter, erschienen in: Eva Strittmatter, Sämtliche Gedichte © Aufbau Verlag GmbH & Co KG, Berlin 2006 (dieses Gedicht erschien erstmals 1973 in E. Strittmatter: Ich mach ein Lied aus Stille im Aufbau Verlag © Aufbau Verlage GmbH & Co. KG)
Tomas Tranströmer: Formeln des Winters, aus: Tomas Tranströmer, Sämtliche Gedichte. Übersetzt von Hanns Grössel © 1997 Carl Hanser Verlag GmbH & Co. KG, München
Marianne Vogel Kopp: Das Weihnachtsoratorium, aus: Glück 1 bis 24. Weihnachtsgeschichten der Gegenwart, S. 56-60 © Theologischer Verlag Zürich
Jochen Weimar: O Tannenbaum, o Tannenbaum, aus: Unvergessene Weihnachten. Band 2 - 29 Zeitzeugen-Erinnerungen 1922 – 1988; Zeitgut-Verlag 2005; 192 Seiten; ISBN 978-3-86614-103-2

Bildnachweis

S. 7: © stock.adobe.com/A. Dudy, S. 22, 60, 98: © stock.adobe.com/dariaustiugova, S. 25: © stock.adobe.com/Katy's Dreams, S. 26: stock.adobe.com/Eva Kali, S. 34: © stock.adobe.com/Chica. S. 40: © Laifalight/shutterstock, S. 47: © stock.adobe.com/Tapilipa, S. 55: © stock.adobe.com/Akvarella, S. 69: © stock.adobe.com/asetrova, S. 71, 86: © stock.adobe.com/Hiromidori, S. 76, 80, 81, 124: © KsanaGraphica/shutterstock, S. 109: © stock.adobe.com/dvoriankin, S. 110: © stock.adobe.com/natali_mya, S. 118: © stock.adobe.com/yanushkov, S. 126: © stock.adobe.com/Tatiana D.